DANS LA MÊME COLLECTION

Alphonse Allais
L'affaire Blaireau
A l'œil

Richard Bach
Jonathan Livingston
le goéland

Honoré de Balzac
Le colonel Chabert

Charles Baudelaire
Les Fleurs du Mal

René Belletto
Le temps mort
- L' homme de main
- La vie rêvée

Pierre Benoit
Le soleil de minuit

Bernardin de Saint-Pierre
Paul et Virginie

André Beucler
Gueule d'amour

Ray Bradbury
Celui qui attend

Francis Carco
Rien qu'une femme*

Jacques Cazotte
Le diable amoureux

Jean-Pierre Chabrol
Contes à mi-voix
- La soupe de la mamée
- La rencontre de Clotilde

Andrée Chedid
Le sixième jour

Bernard Clavel
Tiennot

Colette
Le blé en herbe
La fin de Chéri
L'entrave

Corneille
Le Cid

Alphonse Daudet
Lettres de mon moulin

Denis Diderot
Le neveu de Rameau

Philippe Djian
Crocodiles

Arthur Conan Doyle
Sherlock Holmes
- La bande mouchetée
- Le rituel des Musgrave
- La cycliste solitaire
- Une étude en rouge*

Alexandre Dumas
La femme au collier
de velours

Gustave Flaubert
Trois contes

Victor Hugo
Le dernier jour
d'un condamné*

Franz Kafka
La métamorphose

Stephen King
Le singe
La ballade de la balle
élastique

Madame de La Fayette
La Princesse de Clèves

Longus
Daphnis et Chloé

Howard P. Lovecraft
Les Autres Dieux*

Pierre Louÿs
La Femme et le Pantin

Arthur Machen
Le grand dieu Pan

Guy de Maupassant
Le Horla
Boule de Suif
Une partie de campagne
La maison Tellier

Prosper Mérimée
Carmen

Molière
Dom Juan

Alfred de Musset
Les caprices de Marianne

Gérard de Nerval
Aurélia

Ovide
L'art d'aimer

Charles Perrault
Contes de ma mère l'Oye

Edgar Allan Poe
Double assassinat dans
la rue Morgue

Alexandre Pouchkine
La fille du capitaine
La dame de pique*

Ellery Queen
Le char de Phaéton

Raymond Radiguet
Le diable au corps

Jean Ray
Harry Dickson
- Le châtiment des Foyle
- Les étoiles de la mort
- Le fauteuil 27*

Jules Renard
Poil de Carotte

Arthur Rimbaud
Le bateau ivre

Erich Segal
Love Story

William Shakespeare
Roméo et Juliette
Hamlet

Sophocle
Œdipe roi

Ivan Tourgueniev
Premier amour

Henri Troyat
La neige en deuil
Le geste d'Eve
La pierre, la feuille
et les ciseaux*

Albert t'Serstevens
L'or du Cristobal

Robert Louis Stevenson
Olalla des Montagnes*

Paul Verlaine
Poèmes saturniens
suivi des Fêtes galantes

Jules Verne
Les cinq cents millions
de la Bégum
Les forceurs de blocus

Voltaire
Candide

Emile Zola
La mort d'Olivier Bécaille

** Titres à paraître*

Le grand dieu Pan

ŒUVRES PRINCIPALES

Le cachet noir
La colline des rêves
Le peuple blanc
La pyramide de feu
La poudre blanche
Le grand dieu Pan

Arthur Machen

Le grand dieu Pan

Traduit de l'anglais
par P.-J. Toulet

Librio

Texte intégral

1

UNE EXPÉRIENCE

– Je suis très content de vous voir, Clarke, très content ; je craignais qu'il ne vous fût impossible de venir.

– J'ai pu m'arranger pour quelques jours. Les affaires ne vont pas beaucoup, par le temps qu'il fait. Mais vous, Raymond, êtes-vous sans inquiétude pour ce que vous allez essayer, et cela ne présente-t-il aucun danger ?

Le long de la terrasse, qui bordait de front la maison du docteur, les deux hommes se promenaient sans hâte. Vers l'ouest, le soleil couchant surplombait encore les montagnes, mais d'un éclat sombre et rouge qui ne faisait plus d'ombre. L'atmosphère était paisible ; en face d'eux, la forêt épaisse sur le penchant des coteaux exhalait une haleine faible, et, par intervalles, l'appel tendre et murmurant des tourterelles sauvages. Plus bas, au creux de la vallée, la rivière serpentait parmi les collines solitaires, et, tandis que le soleil, un instant suspendu, disparaissait derrière l'horizon, une buée blanche et comme hésitante monta entre les rives.

Le docteur Raymond se tourna brusquement vers son ami :

– Vous me demandez si l'expérience peut être nocive ? Mais nullement. Au fond, c'est tout ce qu'il y a de plus simple, et n'importe quel praticien s'en chargerait.

– Et aucun danger non plus... de par ailleurs ?

– Aucun. Absolument aucun danger matériel, je vous en donne ma parole d'honneur. Vous avez toujours été un timoré, Clarke ; mais vous savez mon histoire, et que depuis vingt ans je me suis voué à la médecine transcendantale. Dieu sait si l'on m'a traité de charlatan, de faiseur, de fou. Pourtant je me sentais sur la vraie route. Mon ami, voilà cinq ans bientôt que j'ai atteint le but, et chaque jour depuis n'a fait que préparer ce qui, cette nuit, va se faire.

– Je voudrais croire à tout cela, fit Clarke en fronçant un peu les sourcils d'un air de doute, mais êtes-vous bien assuré, Raymond, que votre système n'est pas de la fantasmagorie : vision splendide, sans doute ; mais vision en somme.

Le docteur s'arrêta soudain, et fit brusquement face : c'était un homme d'âge, décharné, bilieux et mince ; mais, tandis qu'il regardait fixement son compagnon avant de lui répondre, un peu de sang vint rougir sa joue :

– Regardez autour de vous, Clarke, dit-il enfin. Vous voyez la montagne, ces collines pareilles à des vagues ; vous voyez des bois et des vergers, le grain mûr des champs, les prairies qui dévalent jusqu'à la rivière. Vous me voyez debout à côté de vous ; vous entendez ma voix. Mais je vous dis, moi, que toutes ces choses – oui, depuis l'étoile qui vient de s'allumer au ciel, jusqu'au sol que nous éprouvons du pied –, je vous dis que tout cela n'est que du rêve et des ombres, les ombres mêmes qui nous voilent le monde réel. *Il y a* un monde réel ; mais il est sous cet éclat et sous ces visions, ces hautes lices, derrière tout cela comme si un voile nous le cachait. Je ne sais si un être humain a jamais soulevé ce voile ; mais je sais que cette nuit, et devant vous et moi, Clarke, il le sera pour d'autres yeux. Peut-être trouverez-vous tout ceci étrange, insensé même : étrange, soit, mais réel ; et les anciens savaient ce que c'est que « lever le voile ». Ils appelaient cela voir le dieu Pan.

Clarke frissonna : le brouillard suspendu sur la rivière était glacé.

– C'est étrange, en effet, dit-il. Nous sommes sur le seuil d'un monde merveilleux, si ce que vous dites est vrai. Mais le scalpel est indispensable, je suppose.

– Oui, une petite incision dans la matière grise ; un insensible réarrangement de quelques cellules ; une altération microscopique qui échapperait à quatre-vingt-dix-neuf bons spécialistes sur cent. Je ne veux pas vous scier avec de la technique, Clarke. Je pourrais vous donner un tas de détails professionnels qui vous paraîtraient très imposants et vous laisseraient aussi éclairé qu'auparavant. Mais il vous est arrivé, je suppose, de lire par hasard, dans quelqu'un de ces coins de journaux qu'on saute d'ordinaire, que d'immenses progrès ont été accomplis récemment dans la physiologie du cerveau. Je lisais un article l'autre jour sur la théorie de Digby et les découvertes de

Browne-Faber. Théorie et découvertes – il y a quinze ans que j'en étais où les voilà, et inutile de vous dire que je ne suis pas resté en place depuis quinze ans. Sachez seulement qu'il y a cinq ans, je fis la découverte qui me faisait dire tout à l'heure que j'avais atteint le but. Après des années de travail dans l'ombre, et de tâtonnements, après bien des jours et des nuits de déceptions et même de désespoir, où parfois je frissonnais jusqu'à la transe à l'idée que peut-être il y en avait d'autres sur la même piste que moi, soudain un choc de joie ébranla mon âme, et je connus que ce long voyage touchait à sa fin. Par ce qui m'apparut alors, et m'apparaît encore un hasard heureux, la suggestion d'un moment de rêverie m'entraîna sur des routes que j'avais foulées cent fois déjà ; et, tout à coup, la grande vérité éclata devant moi ; et je vis, dessiné en traits de feu, tout un monde nouveau, continents et îles, et les vastes mers qu'aucun navire encore n'avait parcourues (à ma connaissance) depuis qu'un homme naquit et leva les yeux vers le soleil et les étoiles du ciel, ou contempla la paisible terre. Vous prendrez tout ceci, Clarke, pour des fleurs de rhétorique ; mais il est difficile d'être littéral en ces matières, et je ne sais pourquoi je m'efforce d'exprimer l'inexprimable. Une autre comparaison : ce monde, le nôtre, a un assez joli réseau de fils et de câbles télégraphiques. La pensée, d'une vitesse à peine moindre que la sienne propre, y court du levant au couchant, du nord au sud, à travers les flots et les déserts. Mais supposez qu'un électricien s'aperçoive un jour que lui et ses amis ne faisaient jusqu'ici que jouer avec des cailloux qu'ils prenaient pour les fondements du monde ; suppo-sez que cet homme voie des espaces infinis s'ouvrir devant ses courants ; sa parole, atteindre le soleil ; derrière le soleil, des soleils encore ; et le langage d'autres hommes lui faire écho dans le vaste monde qui environne notre pensée. Allégo-rie pour allégorie, c'en est une assez bonne de mon cas. Vous pouvez comprendre à peu près ce qu'ici même je ressentis un soir, un soir d'été. La vallée était comme aujourd'hui, moi-même à cette même place, lorsque je vis l'inimaginable gouffre qui bâille entre les deux mondes : le monde de l'esprit, et celui de la matière, s'ouvrir devant moi, tandis qu'au même instant un pont de flamme jaillissait entre la terre et la rive incon-nue, comme pour mesurer l'abîme. Ouvrez, si vous voulez, le livre de Browne-Faber ; vous y lirez que les savants d'aujourd'hui sont incapables d'expliquer la présence ou de spécifier les fonc-tions d'un certain groupe de cellules : c'est encore un « terrain à louer », un théâtre à théories fantai-sistes. Je ne suis pas dans le cas de Browne-Faber et autres spécialistes, et je suis parfaitement ins-truit des fonctions de ce centre nerveux dans l'ordonnance des choses ; d'un contact, je puis les mettre en jeu ; d'un contact, dis-je, je puis créer le courant et établir la communication entre ce monde des sens et... L'avenir nous fournira la fin de la phrase. Oui, le scalpel est nécessaire, mais songez à ce qu'il va produire : renverser la muraille des sens, et, sans doute pour la première fois depuis que l'homme existe, un esprit va contempler le monde des esprits. Clarke, Mary va voir le Grand Pan.

– Mais vous vous rappelez ce que vous m'avez écrit. Ne faudrait-il pas qu'elle... ?

Il murmura le reste à l'oreille du docteur.

– Pas du tout, pas du tout ; c'est de la folie, je vous assure ; les choses n'en iront que mieux ainsi.

– Pensez-y bien, Raymond, c'est une grande responsabilité. Que cela tourne mal, et vous voilà malheureux pour le reste de vos jours.

– Non, je ne pense pas, même en mettant les choses au pis. Vous savez que j'ai tiré Mary du ruisseau et de la faim, dans son enfance. Je pense que sa vie est à moi, pour en user à ma convenance. Mais il se fait tard, nous ferions mieux de rentrer.

Après avoir guidé son ami à travers le hall et le long d'un corridor, le docteur tira une clef de sa poche, ouvrit une lourde porte, et introduisit Clarke dans son laboratoire. C'était une ancienne salle de billard éclairée par une voûte vitrée au milieu du plafond ; une lumière grise et triste en tombait sur la figure du docteur, tandis qu'il allumait une lampe à abat-jour épais qu'il plaça ensuite sur une table de milieu.

Clarke regarda autour de lui. À peine si un pouce de muraille demeurait vide. Tout autour couraient des rayons qu'encombraient des bouteilles et des fioles de toutes formes, de toutes couleurs ; d'un côté il y avait une petite bibliothèque de Chippendale. Raymond l'indiqua d'un signe :

– Vous voyez ce parchemin d'Oswald Crollius, celui qui l'a écrit fut l'un des premiers à me montrer le chemin, quoique je ne pense pas qu'il l'ait parcouru lui-même. Il y a une parole de lui qui est étrange : « Dans chaque grain de blé se cache l'âme d'une étoile. »

Le laboratoire contenait peu de meubles : une table de milieu, une autre table de marbre, avec une gouttière ; les deux fauteuils où le docteur et Clarke étaient assis, c'était tout, sauf un siège d'étrange apparence, au bout de la salle. Clarke le regarda en haussant les sourcils.

– Oui, c'est le fauteuil, dit Raymond. Nous ferons aussi bien de le préparer tout de suite.

Il se leva, et l'ayant roulé vers la lumière, commença de l'élever et de l'abaisser, faisant glisser le siège, plaçant le dossier à différents angles et ajustant l'appui-pieds ; le meuble avait l'air assez confortable, et Clarke en caressait de la main le velours vert, tandis que le docteur manipulait les leviers :

– Maintenant, Clarke, mettez-vous tout à votre aise. J'ai encore à travailler une heure ou deux, à cause de quelques détails qu'il m'a fallu remettre au dernier moment.

Raymond se dirigea vers la table de marbre, et Clarke l'épiait, penché qu'il était vers une rangée de fioles, ou allumant la flamme sous le creuset. Sur une étagère au-dessus de lui, il y avait une petite lampe, voilée comme la grande ; et Clarke, assis dans l'ombre, contemplait la grande chambre inquiétante, admirant les effets bizarres et contrastés de l'ombre et de la lumière. Bientôt il perçut une odeur bizarre, ou plutôt la suggestion d'une odeur, et, à mesure qu'elle s'affirmait davantage, il s'étonna de n'y reconnaître rien de chimique ou de médicinal. Peu à peu, paresseusement occupé à analyser sa sensation et conscient à peine, il en vint à évoquer un jour d'autrefois, un jour plus vieux de quinze années, un jour de flânerie auprès de la maison paternelle, parmi les bois et les prés : c'était une journée brillante d'août à son début ; la chaleur avait noyé d'une buée légère les contours des choses, comme toute perspective, et les observations de thermomètres parlaient d'anormales chaleurs, de température presque tropicale. Assez étrangement ce jour très chaud de 185... renaissait maintenant dans la mémoire de Clarke ; l'universel éclat d'un soleil étincelant semblait effacer les lumières et les ombres du laboratoire ; il éprouvait de nouveau les bouffées d'air brûlant sur son visage, la buée montant du gazon et les mille murmures de l'été.

– J'espère que cette odeur ne vous incommode pas, Clarke ; elle n'a rien de malsain. Cela peut vous assoupir un peu, c'est tout.

Clarke entendait distinctement ; il savait que Raymond lui parlait ; mais au prix de la vie il n'aurait pu s'arracher à cette somnolence. Il ne pouvait que songer à sa promenade solitaire, quinze ans avant ; à ce dernier adieu porté aux champs et aux bois de son enfance. De nouveau venaient à ses narines l'haleine de l'été, les parfums mélangés des fleurs et des bois, ou de ces abris frais et noirs que la chaleur rend plus désirables parmi la profondeur des feuillages ; mais la bonne odeur de la terre, étendue comme une femme qui offre ses bras et ses lèvres riantes, dominait toutes les autres. Sa fantaisie le fit errer, comme il avait erré jadis, des champs aux bois, le long d'un sentier sous des hêtres ; et le murmure de l'eau égouttée du roc chantait une claire mélodie dans son rêve.

Mais ses pensées devenaient confuses. Les hêtres s'étaient transformés en houx : çà et là une vigne serpentait de branche en branche, déployant ses pampres ou la pourpre des grappes, et le feuillage argenté d'un olivier sauvage contrastait parfois avec les houx obscurs. Clarke, dans les replis de son rêve, avait conscience que cette route l'avait mené de la maison paternelle à une contrée inconnue, et il en admirait l'étrangeté, quand soudain, effaçant l'été, ces parfums et ces murmures, un silence infini sembla tomber sur toutes choses : les bois se turent, et, pendant un fragment de temps, quelque chose qui n'était ni l'homme ni la bête, ni la vie ni la mort, mais toutes choses mêlées, l'apparence mouvante de toutes choses. Quelques secondes, et, tandis que le corps et l'âme semblaient près de se dissoudre, une voix pleura : « Allons, sortons d'ici. » Alors, ce fut comme l'ombre de l'ombre par-derrière les étoiles, comme l'obscurité éternelle.

Clarke, réveillé en sursaut, aperçut le docteur qui versait quelques gouttes d'un liquide huileux dans une fiole verte, et la bouchait soigneusement.

– Vous avez sommeillé, dit-il ; la journée a dû vous être fatigante. Mais voilà qui est fait ; je vais chercher Mary, et reviens dans dix minutes.

Clarke se renversa dans son fauteuil et rêva : il lui semblait passer d'un rêve à un autre, que les murs du laboratoire allaient se fondre, disparaître, et lui s'éveiller à Londres, frissonnant de ses fantaisies nocturnes. Mais la porte s'ouvrit ; le docteur parut ; derrière lui une jeune fille de dix-sept ans tout en blanc. Elle était si belle que Clarke ne s'étonna plus de ce que lui avait écrit Raymond ; il la voyait rougir de la face, et de la nuque et des bras, mais le docteur semblait inébranlable :

– Mary, dit-il, le moment est venu. Mais vous êtes libre. Vous plaît-il de vous confier à moi entièrement ?

– Oui, mon ami.

– Vous entendez, Clarke, vous êtes témoin. Voici le fauteuil, Mary, il est commode. Asseyez-vous, et tenez-vous appuyée ; êtes-vous prête ?

– Oui, mon ami, toute prête. Donnez-moi un baiser avant.

Le docteur se pencha et baisa ses lèvres avec assez de douceur :

– Maintenant, fermez les yeux, dit-il.

La jeune fille baissa ses paupières, comme si ce fût de fatigue, et attendit le sommeil. Raymond lui mit alors la fiole verte sous les narines ; et sa face devint blanche, plus blanche que son vêtement ; elle luttait faiblement encore, puis, avec cet esprit de soumission qui était si grand en elle, elle croisa ses bras sur sa poitrine comme un enfant qui va réciter sa prière. La brillante lumière de la lampe tombait d'aplomb sur elle, et Clarke épiait les changements de ses traits, comme, par un jour d'été, sur des collines, les transitions du soleil et des nuages. Maintenant Mary était pâle et tranquille, inconsciente même comme le constata le docteur en relevant une de ses paupières. Alors il pesa lourdement sur un des leviers, pour abaisser le siège, et Clarke le vit couper à la patiente un rond de cheveux, comme une tonsure, rapprocher la lampe, saisir quelque chose de brillant dans une trousse... Clarke se détourna en frissonnant. Quand il regarda de nouveau, le docteur bandait une petite blessure qu'il venait de faire :

– Elle va s'éveiller dans cinq minutes, dit Raymond toujours parfaitement froid ; il n'y a plus rien à faire qu'à attendre.

Les minutes semblèrent lentes, et l'on pouvait entendre le tic-tac pesant et bas d'une pendule dans le corridor. Clarke se sentit faiblir ; ses genoux s'entrechoquaient sous lui, il se soutenait à peine.

Soudain, un long soupir s'éleva. Soudain, la couleur évanouie revint aux joues de Mary. Soudain, ses yeux s'ouvrirent ; ils brillaient d'une étrange lumière ; une grande admiration apparut sur son visage ; ses mains s'étendirent comme pour toucher une chose invisible. Mais, presque aussitôt, l'admiration fit place à l'épouvante ; ses traits à un masque hideux ; et elle fut prise d'un tel tremblement qu'on eût cru voir son âme lutter et palpiter dans sa prison de chair : vision horrible qui fit se ruer Clarke au-dehors, tandis que la jeune femme tombait en hurlant sur le sol.

Trois jours après, Raymond menait Clarke au chevet de Mary ; elle était réveillée et roulait la tête de droite à gauche, en ricanant.

– Oui, dit le docteur toujours froid, c'est grand dommage. Elle est idiote irrémédiablement. Mais c'était inévitable, et, après tout, elle a vu le Grand Pan.

2

MÉMOIRES DE M. CLARKE

M. Clarke, le gentleman choisi par le docteur Raymond pour assister à l'étrange expérience du Grand Pan, amalgamait en lui de façon bizarre la prudence et la curiosité. De sang-froid, il jugeait l'insolite et l'excentrique avec une aversion entière ; et cependant, au fond de son cœur, couvait un désir inquisitorial des secrets les plus ésotériques de la nature et de l'homme. Cette tendance dernière avait prévalu dans l'affaire du docteur Raymond, car, même en considérant que la raison avait de tout temps écarté de pareils systèmes comme la plus sauvage folie, il gardait en secret un peu de foi au fantastique, et se serait réjoui de voir cette foi confirmée. L'horreur dont il avait été témoin dans le terrible laboratoire lui fut salutaire en quelque sorte. Ayant conscience d'avoir sa part de responsabilité dans une affaire peu avouable, pendant plusieurs années il s'en tint courageusement aux vérités de bon sens et rejeta toutes recherches occultes. Il est vrai que par homéopathie il suivit quelque temps des séances de médiums distingués, espérant que les trucs de ces gentlemen le dégoûteraient de tout mysticisme. Mais ce remède cuisant fut inefficace ; Clarke sentait qu'il languissait toujours après l'inconnu, et peu à peu, la vieille passion recommença de s'affirmer, à mesure que Mary et sa figure convulsée d'indicibles épouvantes s'effaçaient de sa mémoire.

Chargé tout le jour d'affaires sérieuses et lucratives, la tentation le saisissait plus fort à la nuit tombante, surtout durant les mois d'hiver, quand le feu jette ses lueurs rougeâtres à travers un moelleux appartement de garçon, sur le vin de choix qui dort à portée de la main. Il feignit alors de lire un journal ; mais le seul sommaire lui en tournait le cœur, et Clarke se surprenait à jeter des regards ardents vers un petit bureau japonais voisin du feu ; comme un enfant devant l'armoire aux confitures, pendant quelques minutes il balançait, indécis, puis la concupiscence finissait par l'emporter, et Clarke, repoussant le siège, allumait une bougie, et allait s'asseoir devant le bureau. Les casiers et les tiroirs débordaient de documents sur les sujets les plus morbides, et au milieu reposait un grand manuscrit où il avait laborieusement réuni les joyaux de sa collection. Clarke avait un beau mépris pour la littérature imprimée. À ses yeux l'impression ôtait tout intérêt à la plus fantomatique histoire, et son seul plaisir consistait à lire, compléter, arranger, réarranger ce qu'il appelait ses « Mémoires pour prouver l'existence du diable ». À cette besogne le temps volait, la nuit paraissait trop courte.

Par un vilain soir de décembre, noir de brouillard et glacé de givre, Clarke dépêcha son dîner, et, daignant à peine accomplir le rite accoutumé de saisir et reposer son journal, il fit quelques pas dans la chambre, ouvrit le bureau, resta immobile un instant, puis s'assit. D'abord absorbé par un de ces rêves auquel il était sujet, il saisit enfin le fameux livre et l'ouvrit aux dernières pages ; il y en avait trois ou quatre que Clarke avait couvertes – serrées de sa ronde régulière. Le titre portait, d'une plus grosse écriture :

Singulier récit de mon ami le docteur Phillips. Il affirme que tous les faits relatés sont d'une vérité stricte et entière ; mais il se refuse à donner les noms Patronymiques des Personnages ou à indiquer le Théâtre de ces extraordinaires Événements.

Et M. Clarke lut pour la dixième fois, vérifiant çà et là les notes au crayon dont il avait accompagné le récit de son ami. Car, et c'était une de ses particularités, il se jugeait de quelque habileté littéraire, goûtait son propre style et prenait la peine d'ordonner dramatiquement les circonstances. Voici ce qu'il lisait :

« Les personnes impliquées dans ce compte rendu sont Hélène V..., qui, si elle est vivante, doit être une femme de vingt-trois ans ; Rachel M..., morte depuis ; et Trevor W..., idiot, et âgé de vingt ans. Ces personnages habitaient alors un village sur les frontières de Galles, jadis ville d'importance quand les Romains occupaient le pays, aujourd'hui hameau clairsemé de cinq cents âmes à peine. Ce hameau est bâti sur un penchant, à six milles environ de la mer, et abrité par une vaste forêt.

« Il y a onze ans environ, Hélène V... y arriva dans des circonstances particulières. On disait, qu'étant devenue orpheline tout enfant, elle avait été adoptée par un parent éloigné, et élevée chez lui jusqu'à sa treizième année. Mais, celui-ci, pensant qu'il vaudrait mieux pour elle avoir des compagnons de son âge, fit demander par les gazettes locales un bon *home,* dans une ferme confortable, pour une fillette de douze ans. M. R..., gros fermier du susdit village, répondit à cet appel. Ses références étaient satisfaisantes, le gentleman lui envoya sa fille adoptive, en stipulant, par lettre, qu'elle aurait une chambre particulière, et qu'on n'aurait pas à se préoccuper de son éducation, laquelle était déjà suffisante pour sa position future. En fait on donnait à entendre à M. R... qu'Hélène devait être laissée à même de choisir ses occupations et de passer le temps à sa guise. M. R... alla la chercher à la station prochaine, distante environ de sept milles, et il ne paraît avoir rien remarqué de particulier chez elle, sinon un peu de réticence quant à son existence première et à son père adoptif.

« Très différente d'ailleurs physiquement des villageois qui l'entouraient, avec son teint pâle et olivâtre, ses formes accentuées, son aspect exotique, elle parut s'accoutumer aisément à la vie de la ferme, et devint bientôt la favorite des enfants; ceux-ci partageaient quelquefois les promenades en forêt qui étaient sa distraction principale. À ce sujet, M. R... ajoute que l'ayant vue une fois, après être sortie dès son premier déjeuner, ne rentrer qu'au crépuscule, et inquiet qu'une fillette passât tant d'heures seule et au-dehors, il en fit part à son père adoptif. Celui-ci répondit brièvement qu'Hélène devait agir à sa guise.

« L'hiver, quand les sentiers de la forêt étaient impraticables, elle passait beaucoup de temps dans la chambre qui lui était réservée selon les instructions de son tuteur. Mais c'est dans une de ses promenades au bois, un an environ après son arrivée, que se place le premier des incidents bizarres où elle est impliquée. L'hiver avait été particulièrement rigoureux, la neige épaisse, les gelées anormalement prolongées ; l'été fut remarquable par son extrême chaleur. Par un des jours les plus accablants de la saison, Hélène V... quitta la ferme pour une de ses longues excursions, emportant à son habitude un peu de pain et de viande pour un lunch. Quelques hommes dans les champs la virent prendre la vieille voie romaine, une chaussée herbeuse qui traverse la plus grande largeur du bois, et admirèrent que la fillette eût ôté son chapeau malgré l'extrême chaleur. Par hasard un laboureur, Joseph W..., travaillait dans la forêt près de la voie romaine. À midi, son fils Trevor lui apporta son repas, composé de pain et de fromage.

« Après le repas, l'enfant, qui avait environ sept ans, laissa son père à son travail, et, selon son propre récit, se mit à chercher des fleurs dans le bois ; et le père, qui pouvait l'entendre s'exclamer joyeusement sur ses découvertes, était sans inquiétude, quand soudain il entendit des cris de terreur du côté où son fils avait disparu. Jetant en hâte ses outils, il courut voir, et, s'orientant au bruit, rencontra le petit garçon qui courait tête baissée et manifestement terrorisé. Aux questions de son père il finit par répondre qu'après avoir cueilli une brassée de fleurs et se sentant fatigué il s'était couché sur le gazon et endormi. Il avait été tout à coup réveillé par un bruit singulier, quelque chose comme un chant, disait-il ; et, regardant à travers les branches, il avait aperçu Hélène V..., qui jouait sur l'herbe avec " un drôle d'homme tout nu " dont il ne pouvait donner une description plus précise. Il ajoutait qu'il s'était senti épouvanté, et avait couru en criant vers son père. Joseph W... s'avança et trouva Hélène V... assise au milieu d'une aire laissée par des charbonniers. Il l'accusa avec colère d'avoir effrayé son fils, mais elle démentit toute l'accusation et rit beaucoup de l'histoire de l'homme étrange. Joseph n'y ajoutait pas grande foi, et il en arriva à la conclusion que son fils s'était réveillé avec une peur soudaine, comme il arrive aux enfants ; mais Trevor s'obstina dans son récit, et manifesta tant d'angoisse qu'à la fin, on le ramena à la maison, dans l'espoir qu'il y pourrait être calmé par sa mère. Pendant plusieurs semaines, l'enfant donna de grandes inquiétudes ; devenu nerveux et bizarre, il refusait de quitter le cottage et souvent, la nuit, réveillait ses parents par les cris de : " L'homme du bois, père, père ! "

« Peu à peu, néanmoins, cette impression parut s'effacer, et environ trois mois après, il accompagnait chez un gentleman du voisinage son père qui y travaillait. L'enfant fut laissé dans le hall, Joseph W... ayant été appelé au bureau ; quelques minutes après, comme le gentleman lui donnait ses instructions, ils furent tous deux étonnés par un cri perçant et le bruit d'une chute. Ils coururent et trouvèrent Trevor sans connaissance sur le parquet, les traits contractés d'épouvante. Le docteur aussitôt appelé déclara après un premier examen que l'enfant avait eu une sorte d'attaque, à la suite probablement d'une émotion soudaine. On le porta dans une chambre à coucher où il reprit assez vite connaissance, mais pour passer à un état dénommé par le médecin : hystérie violente.

« Un sédatif énergique lui ayant été administré, au bout de deux heures on le jugea capable de regagner sa demeure ; mais, en passant par le hall, un accès de terreur le saisit de nouveau avec plus de violence encore. Le père remarquant que Trevor indiquait quelque objet, et poussait le vieux cri de " l'homme du bois ", aperçut dans la direction marquée un masque grotesque en pierre, incrusté dans la muraille au-dessus d'une porte. Il paraîtrait que le propriétaire avait fait faire peu de temps auparavant des réparations à sa demeure, et qu'en creusant des fondations, les ouvriers avaient découvert ce mascaron d'origine évidemment romaine que l'on plaça dans le hall comme il est dit. Des archéologues expérimentés de la région y reconnurent une tête de faune ou de satyre[1].

« Quelle qu'en fût la cause, cette seconde secousse fut trop forte pour le petit Trevor, et aujourd'hui encore il souffre d'un affaiblissement intellectuel qui laisse peu d'espoir. La chose fit sensation à l'époque, et Hélène subit de M. R... un interrogatoire serré, mais infructueux ; elle conti-

1. Le docteur Phillips m'a dit avoir vu le masque en question, et il assure n'avoir jamais rencontré pareille personnification du mal.

nua à nier qu'elle eût en quoi que ce fût effrayé ou molesté Trevor.

« Le second incident auquel la jeune fille eut part date d'il y a environ six ans et présente des caractères plus étranges encore.

« En 188..., au commencement de l'été, Hélène contracta une amitié étroite avec Rachel M..., la fille d'un riche fermier voisin. La fillette, d'un an plus jeune qu'Hélène, passait auprès de bien des gens pour la plus jolie des deux, quoique les traits de l'aînée se fussent beaucoup adoucis avec l'âge. Les deux amies, qui ne se quittaient que le moins possible, offraient un contraste singulier, l'une avec son teint olivâtre et ses airs italiens, l'autre en qui florissaient les roses et les lis proverbiaux de nos campagnes. Il faut remarquer que les annuités payées par M. R..., pour l'entretien d'Hélène, étaient connues dans le village comme très élevées ; et l'opinion générale était qu'elle hériterait un jour une somme considérable. En conséquence, les parents de Rachel n'étaient pas hostiles à l'amitié de leur fille pour Hélène, et encourageaient même cette intimité qu'ils déplorent aujourd'hui amèrement. Comme Hélène avait conservé son grand amour de la forêt, Rachel l'y accompagnait souvent, les deux jeunes filles partant le matin, et restant jusqu'au soir dans le bois. Une fois ou deux, à la suite d'excursions de ce genre, Mme M... crut remarquer dans les manières de sa fille quelque chose de singulier ; elle paraissait languissante, rêveuse, et, disait sa mère, “ différente d'elle-même ” ; mais la ténuité de ces changements empêcha qu'on ne les remarquât beaucoup.

« Un soir pourtant, après le retour de Rachel, sa mère entendit dans la chambre de la jeune fille comme des pleurs étouffés. Y étant allée voir, elle la trouva à demi dévêtue sur son lit, comme accablée d'angoisse, et qui s'écria à la vue de sa mère : “Ah ! maman, maman, pourquoi m'avez-vous laissé aller dans la forêt avec Hélène ?” Mme M..., étonnée d'un aussi étrange cri, interrogea. Et Rachel lui conta une histoire barbare. Elle disait... »

Clarke ferma le livre d'un coup et tourna sa chaise vers le feu. Un soir déjà, qu'un ami assis sur cette même chaise lui contait cette même histoire, Clarke l'avait interrompu un peu après le point où il venait de s'interrompre lui-même, en lui criant dans un paroxysme d'horreur : « Mon Dieu, pensez, mais pensez à ce que vous dites. C'est monstrueux. De pareilles choses sur cette paisible terre, où l'homme, il est vrai, vit et meurt, et lutte, et triomphe, ou, peut-être, succombe, et plie sous la tristesse, et souffre, et subit d'étranges fortunes le long de maintes années. Mais pas cela, Phillips, pas cela. Malheureux, si pareille chose se pouvait, mais ce monde serait un cauchemar. »

Et Phillips avait continué son histoire jusqu'à la fin qui était telle :

« Sa fuite demeure un mystère ; elle s'est évanouie en plein soleil ; on la vit marcher dans une prairie ; un instant après on ne la vit plus. »

Clarke assis auprès du feu s'essayait à concevoir la chose et son esprit frissonnait, se dérobait, tremblait à évoquer les forces mystérieuses qui peuvent se faire de notre chair un triomphe et un trône. Devant lui, se déployait la sombre voûte du chemin vert à travers la forêt, telle que son ami la lui avait décrite. Il vit les feuilles mobiles, et, sur le gazon, les ombres balancées ; il vit le soleil et les fleurs, et bien loin, au bout de la longue perspective, deux figures qui venaient vers lui. L'une était Rachel ; mais l'autre ?

Clarke s'était efforcé de son mieux à ne rien croire de tout cela ; mais à la fin du récit était inscrit de sa main :

Et diabolus incarnatus est, et homo factus est.

3

LA CITÉ DES RÉSURRECTIONS

– Herbert ! Bon Dieu, est-ce possible ?

– Je m'appelle Herbert en effet. Il me semble aussi que je vous connais, mais je ne me rappelle pas votre nom ; j'ai une singulière mémoire.

– Vous ne vous rappelez pas Villiers, de Wadham ?

– En effet, en effet. Je vous demande pardon, Villiers ; je ne pensais pas que je demandais l'aumône à un camarade de collège. Bonne nuit.

– Mon cher ami, ne soyez pas si pressé. Mon appartement est à deux pas d'ici. Voulez-vous y aller par le plus long et remonter un peu l'avenue de Shaftesbury ? Mais au nom du ciel, qu'est-ce qui vous a mis en pareille passe, Herbert ?

– C'est une longue histoire, Villiers ; étrange aussi. Mais, si vous voulez, vous la saurez.

– Eh bien ! allons. Prenez mon bras, vous ne paraissez pas très fort.

Les compagnons mal assortis remontèrent lentement Rupert Street, l'un vêtu de haillons inquiétants et sales, l'autre sous l'uniforme élégant du citadin riche. Villiers sortait de son restaurant après un excellent dîner de plusieurs services, lesté d'un petit Chianti réconfortant. D'une humeur qui lui était chronique, il avait traîné quelques minutes sur le pas de la porte, épiant autour de lui les rues sourdement éclairées, à l'affût de quelqu'un de ces mystérieux incidents ou personnages dont les rues de Londres abondent en tout quartier et à toute heure. Villiers se flattait d'être un explorateur expérimenté des détours et labyrinthes de la vie londonienne, et, dans cette chasse désintéressée il déployait une activité digne de buts plus sérieux. Tel il se tenait contre le réverbère, scrutant les passants d'une curiosité non déguisée ; et, avec cette gravité que connaissent seuls les dîneurs systématiques, il venait d'énoncer en lui-même cet aphorisme : « On a appelé Londres la cité des rencontres ; c'est cité des résurrections qu'il faut dire », quand ces pensées furent interrompues par une plainte à ses côtés, une chagrine demande d'aumône. Quelque peu irrité il regarda, et tressauta de se trouver face à face avec la preuve incarnée de ses théories : là même, à le toucher, la figure altérée et défaite par la misère, le corps à peine couvert de haillons, se dressait son ancien ami, Charles Herbert, jadis immatriculé avec lui, et qu'avec lui douze sessions avaient vu tour à tour sage et fou. Des occupations différentes, des intérêts divergents avaient interrompu cette amitié. Il y avait maintenant six ans que Villiers n'avait vu Herbert ; et il contemplait cette ruine humaine avec une tristesse où se mêlait le désir de savoir ce qui l'avait pu réduire à cela. Sa pitié ne détruisait pas tout à fait le plaisir du chasseur de mystères, et il se congratulait en lui-même de sa flânerie raisonneuse à la porte du restaurant.

Ils firent quelques pas en silence ; et plus d'un passant s'arrêtait, étonné, devant le spectacle insolite de cet homme bien vêtu au bras de qui pendait un indéniable mendiant ; ce que voyant Villiers s'engagea dans une rue obscure de Soho. Là, il répéta sa question :

– Comment diable cela est-il arrivé, Herbert ? J'avais toujours cru qu'il vous devait revenir une belle situation dans le Dorsetshire. Votre père vous aurait-il déshérité ? Non, sûrement.

– Non, Villiers, j'héritai de tout après la mort de mon pauvre père, et il mourut un an après ma sortie d'Oxford. Ç'avait été un très bon père et je portai sérieusement son deuil. Mais vous savez ce que sont les jeunes gens ; quelques mois après je vins en ville, et allai pas mal dans le monde. J'avais d'ailleurs d'excellentes recommandations, et je m'arrangeai à me distraire sans trop de dommage. Je jouai un peu, c'est vrai, mais jamais de grosses sommes ; et les quelques paris que je fis aux courses me rapportèrent plutôt ; vous savez, quelques livres, de quoi payer mes cigares et les petits plaisirs de cet ordre. Ce fut dans ma seconde « season » que le vent tourna. Sans aucun doute vous avez entendu parler de mon mariage ?

– Personne ne m'en a jamais dit un mot.

– Je me mariai, Villiers. J'avais rencontré chez des amis une fille de la plus merveilleuse, de la plus troublante beauté. Je ne puis vous dire son âge, ne l'ayant jamais su ; mais, autant que j'en puis juger, elle avait quand je la connus dans les dix-neuf ans. Mes hôtes avaient fait sa connaissance à Florence ; elle se présenta comme orpheline, fille d'un père anglais et d'une mère italienne, et les charma, comme elle devait me charmer. C'est dans une soirée que je la vis pour la première fois ; je causais avec un ami, dans une embrasure, quand, soudain, par-dessus le murmure et le babil des conversations une voix s'éleva qui sembla filtrer jusqu'à mon cœur. Elle chantait une romance italienne. Je lui fus présenté le soir même, et trois mois après j'épousais Hélène. Villiers, cette femme, si je puis l'appeler une femme, a corrompu mon âme. La nuit même de nos noces me vit assis, dans la chambre d'hôtel, et qui l'écoutais parler : je l'écoutais parler, je l'écoutais parler, de cette voix merveilleuse, parler de choses que maintenant encore je n'oserais pas chuchoter à la plus noire des nuits, dans la plus vaste des solitudes. Vous, Villiers, vous croyez connaître la vie, Londres et ce qui va et vient dans cette cité d'épouvante ; et peut-être y avez-vous causé avec les pires scélérats. Mais je vous dis que vous n'avez aucun soupçon de ce que je sais. Non, vos rêves les plus fantastiques, les plus hideux n'ont pu enfanter l'ombre de ce que j'ai entendu – et vu. Oui, vu, j'ai vu l'incroyable, des choses telles que parfois, arrêté au milieu des rues, je me demandais comment un homme pouvait les avoir vues – et vivre. Au bout d'un an, Villiers, j'étais un homme en ruine, de corps et d'âme – de corps et d'âme.

– Mais vos propriétés, Herbert ? Vous aviez des terres en Dorset ?

– Tout vendu, champs et bois ; ma chère vieille maison – tout.

– Et l'argent ?

– C'est elle qui le prit.

– Et vous planta là ?

– Oui, une nuit elle disparut. Je ne sais où elle alla ; mais je suis sûr que si je la revoyais, cela me tuerait. Le reste de mon histoire est sans intérêt : misère sordide, c'est tout. Vous pensez, Villiers, que j'ai exagéré, et cherché l'effet ; mais je ne vous ai pas raconté la moitié des choses. Je pourrais vous convaincre ; mais vous n'auriez plus dans la suite une heure de bonheur, et pour le reste de vos jours vous seriez comme moi un revenant, un homme qui a vu l'enfer.

Villiers mena l'infortuné chez lui et lui fit servir à dîner ; mais il mangea peu, toucha à peine son vin, et, après s'être tenu sombre et silencieux auprès du feu, parut délivré quand Villiers le congédia avec quelque argent.

– Au fait, Herbert, demanda Villiers, comme ils se séparaient, comment s'appelait votre femme ? Hélène, disiez-vous, Hélène quoi ?

– On l'appelait, quand je la connus, Hélène Vaughan ; mais son vrai nom, je ne le sais pas. Je ne pense pas qu'elle en eût. Non, non, pas ce que vous pensez ; mais les êtres humains seuls ont un nom, Villiers, et je ne puis vous en dire davantage. Bonsoir ; oui, je ne manquerai pas de repasser si je trouve quelque chose où vous puissiez me servir. Bonne nuit.

L'homme s'éloigna dans la nuit amère, et Villiers retourna au coin du feu. Il y avait quelque chose dans Herbert qui lui causait une impression indicible ; non pas ses haillons, ni les stigmates dont la misère avait marqué son visage, mais plutôt une indéfinissable terreur autour de lui suspendue comme un brouillard ; lui-même avait reconnu qu'il n'était pas exempt de faute et qu'Hélène l'avait corrompu corps et âme. Villiers sentait que les scènes dont cet homme, jadis son ami, s'était fait acteur avaient dû être criminelles jusqu'à l'inexprimable ; et son récit n'exigeait pas confirmation : lui-même en était la preuve. Villiers rêvait curieusement à l'histoire qu'il venait d'écouter, se demandant s'il en avait entendu la fin : « Non, pas la fin, conclut-il ; le début seul. Un cas pareil est comme ces suites de boîtes chinoises ; vous les ouvrez l'une après l'autre, et trouvez à chaque fois un travail encore plus bizarre que le précédent. Il est probable que ce pauvre Herbert n'est qu'une des boîtes extérieures : il en reste de plus étranges à découvrir. »

Villiers ne pouvait oublier Herbert ni son histoire, dont l'horreur paraissait s'épaissir, à mesure que coulait la nuit. Déjà le feu baissait, tandis que l'air glacé du matin pénétrait dans l'appartement. Villiers se leva, avec un regard par-dessus son épaule, et, frissonnant un peu, se mit au lit.

Quelques jours après, il rencontrait à son club un gentleman de ses amis nommé Austin, fameux pour sa connaissance de la vie londonienne brillante ou ténébreuse. Villiers, encore plein de sa rencontre dans Soho et de ce qui en était résulté, pensa qu'Austin pouvait peut-être jeter un peu de lumière sur l'histoire d'Herbert ; et, après quelques phrases banales, il lui demanda tout d'un coup :

– Vous est-il arrivé d'entendre parler de façon ou d'autre d'un nommé Herbert, Charles Herbert ?

Austin se retourna brusquement, et regarda Villiers avec surprise :

– Charles Herbert ? Vous n'étiez pas en ville il y a trois ans. Alors vous n'avez pas entendu parler de l'affaire de Paul Street ? Elle a fait pas mal sensation à l'époque.

– Qu'est-ce que c'était que cette affaire ?

– Voici. Un gentleman riche fut trouvé mort auprès d'une maison de Paul Street, à la hauteur de Tottenham Court Road. Naturellement, ce ne fut pas la police qui le découvrit ; passez la nuit, avec de la lumière à vos fenêtres, le constable viendra sonner ; mais qu'il vous arrive d'être étendu, raide, à la porte de n'importe qui, on vous y laisse. En cette occasion, comme en bien d'autres, l'alarme fut donnée par une sorte de vagabond ; je ne dis pas un simple rouleur, ou un pilier d'assommoir, mais un gentleman que ses affaires ou ses plaisirs, ou les uns et les autres, faisaient se promener dans les rues de Londres à cinq heures du matin. Cet individu, à ce qu'il affirma, « rentrait chez lui », quoique d'où et vers où, on n'en sût trop rien, ni quelle raison il avait de passer par Paul Street entre quatre et cinq heures du matin. Je ne sais quoi lui fit regarder le n° 20. Il prétendit une chose assez absurde, que cette maison avait la physionomie la plus déplaisante qu'il eût jamais observée. En tout cas, il regarda dans la cour ; à son grand étonnement, il vit un homme étendu sur le pavé, jambe de-ci, jambe de-là, et la figure tournée en haut. Notre gentleman trouva cette face singulièrement fantomatique, et se mit à courir, en quête du premier policeman. Le constable prit d'abord la chose assez légèrement, n'y voulant voir qu'une histoire d'ivrogne. Cependant il y alla, et changea vite de ton, quand il eut vu le visage du mort. L'oiseau matinal qui avait découvert ce fin vermisseau fut envoyé à la recherche d'un docteur, tandis que le constable tapageait à coups de sonnette et de heurtoir, jusqu'à faire arriver enfin une servante sale, à moitié endormie encore. Il lui montra ce qu'il y avait dans la cour, et elle de pousser des cris à ameuter toute la rue. Mais elle ne savait rien du monsieur, ne l'avait jamais vu à la maison, etc. Cependant le premier donneur d'alarme était revenu avec un médecin ; et il ne restait plus qu'à entrer dans la cour. La porte fut ouverte, tout le quartier en profita pour entrer aussi et effacer en piétinant les traces qui s'y pouvaient trouver. Le docteur eut à peine besoin d'un moment d'examen pour déclarer que le pauvre diable était mort depuis plusieurs heures, et le faire transporter provisoirement au poste de police. C'est ici que l'affaire devient intéressante. Le mort n'avait pas été volé, et une de ses poches contenait des papiers l'identifiant à..., enfin à un homme riche et de bonne famille, très aimé dans la société, à qui on ne connaissait pas un ennemi. Je ne vous dis pas son nom, Villiers, parce qu'il n'a rien à voir avec l'histoire, et que ce n'est jamais une bonne chose de fouiller dans les histoires des morts dont les parents vivent encore. Le plus curieux ensuite est que les médecins ne purent se mettre d'accord sur la cause de la mort. Il y avait quelques légères meurtrissures sur les épaules du cadavre, comme s'il avait été poussé rudement par la porte de la cuisine et traîné en bas des marches, plutôt que jeté par-dessus la balustrade ; mais il ne portait aucune marque de violence, certainement aucune qui pût entraîner la mort ; et quand on en vint à l'autopsie, il n'y avait pas trace de poison. Naturellement la police voulut se renseigner sur les habitants du 20; et ici encore, comme je l'ai appris de source privée, on releva deux ou trois détails curieux.

« La maison était occupée par M. et Mme Herbert ; lui, riche propriétaire, à ce qu'on dit, et bien des gens remarquèrent que Paul Street n'est pas précisément le point où l'on irait chercher de l'aristocratie campagnarde ; elle dont personne ne semblait savoir qui elle était, ni quoi. Entre nous, ceux qui plongèrent dans son existence connurent de drôles d'eaux, j'imagine. Bien entendu tous deux nièrent savoir quoi que ce fût du défunt, et, toute preuve absente, furent déchargés. Mais plusieurs choses étranges ressortirent sur leur compte.

« Quoiqu'il ne fût que cinq ou six heures du matin quand on emporta le cadavre, la foule s'était épaissie, et la plupart des voisins étaient accourus voir ce qui se passait. Ils se montrèrent plus que libres, à tous égards, dans leurs commentaires ; manifestement, le n° 20 avait mauvaise odeur dans le quartier. Les détectives s'efforcèrent bien de remonter ces rumeurs jusqu'à quelque fondement solide, mais ils ne purent avoir prise de rien ; les gens secouaient la tête et levaient les sourcils ; ils jugeaient les Herbert « bizarres », « préféraient ne pas fréquenter leur maison », etc., mais rien de tangible. L'autorité resta moralement certaine que l'homme avait trouvé la mort de quelque façon chez les Herbert, et avait été jeté dehors par la porte de la cuisine ; mais elle ne le pouvait prouver, et nulle trace de violence ou de poison ne la soutenait. Une drôle d'histoire, n'est-ce pas ?

« Il y a encore quelque chose de curieux que je ne vous ai pas dit. Je me trouvais connaître l'un des docteurs consultés sur les causes de la mort, et quelque temps après l'enquête je le rencontrai et l'interrogeai à ce sujet :

« Assurez-vous réellement, lui demandai-je, que vous avez été dérouté par le cas, qu'aujourd'hui encore vous ne savez pas de quoi l'homme est mort... » «– Pardonnez-moi, je sais parfaitement de quoi Blank est mort : d'angoisse, d'effroi, d'épouvante. Depuis que je pratique, je n'ai jamais vu de traits aussi affreusement convulsés, et pourtant j'ai contemplé de face toute une armée de morts. » Ce docteur était d'ordinaire un gaillard de sang-froid, en sorte que la véhémence de ses manières me frappa ; mais je ne pus rien en tirer de plus. Je suppose que le parquet ne trouva pas le moyen de poursuivre les Herbert pour avoir effrayé un homme à mort ; en tout cas rien ne fut fait, et l'affaire s'oublia. Vous, est-ce que vous savez quelque chose d'Herbert ?

– Mais, répliqua Villiers, c'est un ancien camarade de collège à moi.

– Pas possible. Et sa femme, l'avez-vous jamais vue ?

– Non, jamais. J'ai perdu Herbert de vue depuis nombre d'années.

– C'est curieux, n'est-ce pas ? de quitter un garçon à la porte du collège, de n'en pas entendre parler pendant des années et tout à coup le retrouver dans ces circonstances-là. Moi, j'aurais voulu voir Mme Herbert. Les gens racontaient un tas de choses sur elle.

– Quelles choses ?

– Ma foi, je ne sais trop comment vous dire. Tous ceux qui la virent à la Cour de police déclarèrent n'avoir jamais rencontré femme plus belle ni plus répulsive. J'en ai causé avec l'un d'eux, et je vous assure qu'il frissonnait de me la décrire. Ça paraît avoir été une espèce d'énigme, et j'imagine que, si ce mort avait pu raconter des histoires, il en aurait raconté de peu communes. Sans compter encore qu'on se trouve dans un autre embarras. Qu'est-ce qu'un respectable gentleman-farmer comme M. Blank (nous l'appellerons ainsi, si vous voulez bien) allait faire dans cette douteuse maison du n° 20 ? C'est une affaire tout à fait une mystérieuse, vous nc trouvez pas ?

– Oui, Austin, une mystérieuse affaire, et je nc pensais pas, en vous sondant sur mon ancien camarade, que j'allais heurter pareil métal. Mais il faut que je m'en aille ; bonsoir.

4

DÉCOUVERTES DANS PAUL STREET

Et Villiers s'en fut, pensant à sa comparaison des boîtes chinoises : curieux travail, en effet.

Quelques mois après la rencontre de Villiers et d'Herbert, M. Clarke était assis selon l'usage à son foyer d'après souper, gardant résolument ses fantaisies de s'égarer vers le petit bureau. Pendant plus d'une semaine, il avait réussi à se tenir à l'écart des *Mémoires* ; et maintenant il caressait l'espoir d'une réforme complète. Mais, en dépit de ses tentatives, il ne pouvait imposer silence à la curiosité qu'avait excitée en lui la dernière affaire relatée sur son registre. Enrichie de ses propres conjectures il l'avait exposée, ou esquissée plutôt, à un de ses amis homme de science. Celui-ci avait secoué la tête, et trouvé Clarke « particulier » ; aussi, ce soir-là, Clarke faisait-il un effort pour *rationaliser* l'histoire, lorsqu'un coup à la porte le tira de ses méditations.

– M. Villiers demande à voir Monsieur.

– Ah ! Villiers, comme c'est gentil de penser à moi. Voilà des mois que je ne vous ai pas vu, près d'un an, je pense. Entrez, entrez. Et comment va, Villiers ? Besoin d'avis pour des placements ?

– Non, merci. Je pense être en pleine sécurité de ce côté-là. Non. Clarke, je suis ici en réalité pour vous consulter sur une affaire un peu à part, qui est venue dernièrement à ma connaissance. J'ai peur que vous ne trouviez tout cela absurde, quand je vous en aurais fait le récit ; je suis moi-même parfois de cet avis, et c'est justement pourquoi je me suis mis dans la tête de venir vous trouver, vous sachant avant tout un homme pratique.

M. Villiers ignorait les *Mémoires pour prouver l'existence du diable*.

– Eh bien ! Villiers, je serai heureux de vous donner un avis, au mieux de mes forces. Mais quel est le cas ?

– Extraordinaire, à tout point de vue. Vous connaissez mes habitudes, vous savez que j'ouvre mes yeux tout grands dans la rue, et qu'il m'est arrivé quelquefois de tomber sur de drôles de pratiques, ou de drôles de cas ; mais celui-ci les bat tous. Je sortais du restaurant, par une sale nuit, il y a environ trois mois. J'avais eu un dîner confortable, avec une bonne bouteille de Chianti, et je traînais un peu sur le pavé, songeant au mystère que sont les rues de Londres, et les gens qui y passent. Une bouteille de vin rouge encourage à ces fantaisies, Clarke, et j'ose dire que j'aurais bien pensé toute une page en petits caractères, lorsque je fus interrompu par un mendiant surgi derrière moi, qui faisait les appels d'usage. Je regardai machinalement, et mon mendiant se trouva être tout ce qui restait d'un vieil ami à moi, un nommé

Herbert. Je m'exclamai de le voir tombé dans cette misère, et il m'en donna l'explication, tandis que nous nous promenions de long en large dans une de ces sombres rues de Soho ; c'est là que j'entendis son histoire. Il me raconta avoir épousé une fille superbe, plus jeune que lui de quelques années, et qui bientôt, selon ses propres expressions, l'avait corrompu corps et âme. Il ne voulut pas me donner beaucoup de détails, prétendant ne pas oser, que ce qu'il avait vu ou entendu le hantait nuit et jour ; et, comme je le regardais en face, je connus qu'il disait la vérité ; il y avait quelque chose en lui qui me donnait le frisson, je ne sais pourquoi. Je le congédiai avec un peu d'argent, et je vous assure qu'après son départ, je fis un effort pour respirer ; sa présence avait glacé mon sang.

– Est-ce que tout cela n'est pas un peu de fantaisie, Villiers ? Je suppose que le pauvre garçon aura fait un mariage imprudent, et puis, en langage ordinaire, aura mal tourné.

– Eh bien ! écoutez la suite.

Et Villiers conta à Clarke l'histoire qu'il tenait d'Austin.

– Il n'y a pas de doute, comme vous voyez, conclut-il ; et ce M. Blank, quel qu'il fût, est mort de peur. Il a vu quelque chose de tel, dans cette maison, que sa vie s'est arrêtée net. Et c'est bien là qu'il l'a vu, à ce n° 20 qui de façon ou d'autre avait acquis une mauvaise réputation dans le quartier. Les maisons y sont assez vieilles pour être sordides et tristes, mais non pas assez pour être étranges. Autant que j'en ai pu voir, toutes sont louées par appartements, garnis ou non garnis ;

presque chaque porte a trois sonnettes. Par-ci par-là, les rez-de-chaussée ont été transformés en mauvaises boutiques : triste rue, à tous égards.

Ayant constaté que le n° 20 était à louer, j'allai chez l'agent chercher la clef. Naturellement, on ne m'aurait soufflé mot des Herbert ; mais je demandai carrément à l'homme depuis quand ils avaient quitté la maison, et s'il y avait eu d'autres locataires dans l'intervalle. Il me jeta un drôle de regard, et finit par me dire que les Herbert étaient partis tout de suite après ce qu'il appelait « les désagréments », et que la maison était restée vide depuis.

Villiers se tut quelques instants et reprit :

– J'ai toujours été fou des maisons vides. Il y a comme une fascination dans la tristesse des chambres inhabitées, dans les clous à la muraille, dans la poussière épaissie au châssis des vitres. Mais le n° 20 de Paul Street ne me réjouit guère. J'avais à peine le pied dans le corridor, que je notai une singulière et pesante impression causée par l'atmosphère. Il est certain que toutes les maisons vides sentent le moisi ou quelque chose d'approchant ; mais ceci était tout à fait à part, je ne puis le décrire ; la respiration en paraissait paralysée. Je parcourus les appartements de façade et de derrière les cuisines ; aussi, dans le sous-sol tout cela était assez malpropre, et poussiéreux, mais on y ressentait en plus je ne sais quoi d'indéfinissable. Et il y avait surtout une pièce au premier, la pire, une pièce spacieuse dont le papier jadis avait dû être assez gai ; mais quand je la vis, peinture, papier, tout était lugubre. Et la chambre était pleine d'horreurs ; je sentis mes dents s'entrechoquer rien qu'à toucher le loquet, et, une fois entré, je crus m'évanouir sur le sol. Je me ressaisis pourtant, et, appuyé au mur, je me demandais ce qu'il pouvait y avoir là pour faire trembler mes membres et battre mon cœur comme à l'heure de la mort. Dans un coin, par terre, se trouvait une pile de journaux en désordre où je jetai un coup d'œil : c'étaient des journaux vieux de trois ou quatre ans, quelques-uns à moitié déchirés, d'autres froissés comme s'ils avaient servi à faire des paquets. Je retournai toute la pile et trouvai dessous un curieux dessin (je m'en vais vous le montrer), un dessin dont la vue m'oppressa. Bref, je ne pus demeurer davantage, et me félicitai de regagner sain et sauf le grand air. Les gens me regardaient dans la rue, et quelqu'un dit que j'étais ivre. En effet, je zigzaguais d'un côté à l'autre de la chaussée. Tout ce que je pus faire fut de rendre la clef à l'agent, et de rentrer chez moi, où je gardai le lit pendant huit jours, malade de ce que le docteur appela : une secousse nerveuse et du harassement. Il m'arriva alors en lisant un journal du soir d'y remarquer un entrefilet sous le titre : « Mort de faim ». C'étaient les clichés ordinaires, le lodging-house de Marylebone, la porte fermée à clef plusieurs jours de suite, et enfoncée enfin, découvrant un homme mort sur un siège.

« Le défunt, ajoutait-on, était connu sous le nom de Charles Herbert, et l'on croit que ç'avait été jadis un riche gentleman de la province. Son nom était même devenu familier au public, trois ans auparavant, à propos du mort mystérieux de Paul Street, Tottenham-Court-Road. Charles Herbert était en effet à cette époque locataire du n° 20, et c'est dans sa cour, qu'un gentleman fort riche fut trouvé mort, dans des circonstances qui ne laissaient pas de prêter au soupçon. »

Une fin tragique, n'est-ce pas ? Mais, après tout, si ce qu'il m'a dit est vrai, et j'en suis sûr, sa vie avait été toute une tragédie, une tragédie plus émouvante que celles qu'on joue sur les planches.

– Et voilà l'histoire, n'est-ce pas ? demanda Clarke d'un air rêveur.

– Oui, voilà l'histoire.

– Eh bien ! en vérité, Villiers, je ne sais trop que vous en dire. Sans doute il y a là des points qui paraissent singuliers, la découverte du cadavre dans la cour des Herbert, par exemple, et l'étonnante opinion du médecin sur la cause de cette mort ; mais, après tout, il faut se dire aussi que les faits sont explicables naturellement. Quant à vos sensations personnelles en visitant la maison, je pourrais vous soutenir qu'elles sont dues à une imagination vive ; vous aviez dû couver à demi inconsciemment ce que vous aviez entendu dire. Je ne vois pas trop ce qu'on peut affirmer de plus sur tout cela. Vous supposez qu'il s'y cache un mystère ; mais Herbert est mort, et où vous proposez-vous de diriger votre enquête ?

– Je me propose de chercher la femme qu'il avait épousée. *Elle* est le mystère.

Les deux hommes restaient assis en silence auprès du feu, Clarke se félicitant en secret d'avoir été l'avocat du bon sens, et Villiers enveloppé dans ses fantaisies ténébreuses.

– Si je fumais une cigarette, dit enfin celui-ci, en mettant la main dans sa poche pour prendre son étui.

– Ah ! fit-il en tressautant légèrement, j'oubliais que j'avais quelque chose à vous montrer. Vous vous rappelez ce dessin trouvé dans la pile de vieux journaux, à la maison de Paul Street ? Le voici.

Villiers tira de sa poche un petit paquet tout mince ; il était couvert de papier brun, lié avec de la ficelle, et les nœuds en étaient compliqués. En dépit de lui-même, Clarke se sentait devenir curieux, et se penchait en avant tandis que Villiers défaisait péniblement les attaches, et dépliait la première enveloppe. Il y en avait une seconde, en tissu, que Villiers ouvrit, et il tendit sans un mot un petit papier à Clarke.

Un silence de mort régna dans la chambre pendant cinq minutes et plus ; les deux hommes étaient si muets qu'ils pouvaient entendre le tic-tac de la vieille pendule suspendue au-dehors, et, dans la pensée de l'un d'eux, ce bruit bas et monotone éveillait un lointain souvenir, tandis qu'il regardait plus attentivement la petite tête dessinée à la plume que lui avait tendue Villiers. C'était une œuvre d'artiste, traitée avec soin ; l'âme de la femme y regardait à travers les yeux, un étrange sourire divisant ses lèvres. Et pendant que Clarke contemplait ce visage, du passé évanoui un soir d'été remontait à sa mémoire. Il revit la longue et aimable vallée, la rivière sinueuse entre les collines, les prairies et les champs le blé, l'éclat sombre du soleil, le brouillard blanc et froid qui montait de l'eau. Une voix lui parlait, à travers le flot de bien des années, disant : « Clarke, Mary va voir le Grand Pan ! » et voici qu'il se retrouvait à côté du docteur, écoutant le lourd tic-tac de l'horloge, épiant la forme couchée dans le fauteuil vert, sous la lampe. De nouveau Mary se levait et, de regarder dans ses yeux, son cœur devint froid au-dedans de lui :

– Qui est cette femme ? interrogea-t-il enfin, d'une voix sèche et rauque.

– C'est la femme qu'a épousée Herbert.

Clarke regarda de nouveau le dessin. Ce n'était pas Mary après tout, quoique ce fût certainement sa figure. Mais il y avait là quelque chose de plus, quelque chose qu'il n'avait pas découvert dans ses traits, alors que, vêtue de blanc, elle pénétrait dans le laboratoire, ni à son terrible réveil, ni quand il l'avait revue au lit, grimaçante. N'importe, regard venu de ces yeux, sourire de ces lèvres pleines, ou expression de toute la face. Clarke frissonna dans son âme, songeant malgré lui aux paroles du docteur Phillips : « La plus vivante personnification du mal que j'aie jamais vue. » Il retourna machinalement le papier et regarda au revers :

– Bon Dieu, Clarke, qu'y a-t-il ? Vous êtes pâle comme la mort.

Et, tandis que Villiers s'élançait brusquement de sa chaise, Clarke s'affaissa avec un gémissement, laissant le papier s'échapper de ses mains :

– Je ne me sens pas très bien, Villiers ; je suis sujet à ces crises. Versez-moi un peu de vin. Merci, cela fera l'affaire. Je serai remis dans quelques minutes.

Villiers ramassa le papier et le retourna comme avait fait Clarke :

– Ah ! vous avez vu cela, dit-il. C'est ce qui m'a permis de l'identifier à la femme d'Herbert, ou à sa veuve pour dire mieux. Comment vous sentez-vous maintenant ?

– Mieux, merci, ce n'était qu'une faiblesse passagère. Je ne sais pas si je saisis bien votre pensée. Qu'est-ce qui vous a permis, disiez-vous, d'identifier le portrait ?

– Ce nom – Hélène – écrit au revers. Ne vous ai-je pas dit que son nom était Hélène ? Oui, Hélène Vaughan.

Clarke gémit. Il n'y avait plus l'ombre d'un doute.

– Maintenant, n'êtes-vous pas d'accord avec moi, dit Villiers, que dans l'histoire que je vous ai racontée ce soir, et dans le rôle qu'y joue cette femme, il y a des points curieux ?

– Oui, Villiers, murmura Clarke, c'est une étrange histoire, vraiment très étrange. Donnez-moi du temps pour y réfléchir. Peut-être pourrai-je vous aider, peut-être non. Vous partez ? Eh bien ! bonne nuit, Villiers, bonne nuit. Revenez me voir dans une semaine.

5

LA LETTRE D'AVIS

– Savez-vous, Austin, dit Villiers, comme les deux amis se promenaient lentement le long de Piccadilly par un beau matin de mai, savez-vous, qu'à mon idée, votre récit au sujet de Paul Street et des Herbert est un simple épisode dans toute une histoire ? Je puis aussi bien vous le confesser, lorsque je vous interrogeai il y a quelques mois, sur Herbert, je venais de le voir.

– Vous l'aviez vu ? Où ?

– Il mendiait après moi, dans la rue, une nuit, et dans le plus piteux état, mais je reconnus l'homme, et l'amenai à me raconter son histoire, ou plutôt à me l'esquisser. La voici : en un mot sa femme l'avait ruiné.

– De quelle manière ?

– Il ne voulut pas le dire, assurant seulement que sa femme avait détruit son corps et son âme. L'homme est mort maintenant.

– Et qu'est devenue sa femme ?

– Ah ! c'est ce que je voudrais savoir, et j'espère la retrouver tôt ou tard. Je connais quelqu'un, un nommé Clarke, un homme aride, un homme d'affaires, à vrai dire, mais assez malin. Vous comprenez ce que je veux dire, non pas malin au sens « affaires », mais un homme qui a une réelle connaissance de l'homme et de la vie. Donc, je lui ai exposé le cas, et il en a été manifestement frappé. Il m'a dit que cela demandait considération, et de repasser dans une semaine. Quelques jours après, j'ai reçu de lui cette lettre extraordinaire.

Austin prit l'enveloppe, déplia la lettre et lut avec curiosité ce qui suit :

« Mon cher Villiers, j'ai réfléchi à l'affaire dont vous m'avez entretenu l'autre nuit, et mon avis est celui-ci : jetez le portrait au feu ; chassez l'histoire de votre mémoire ; ne lui accordez jamais une autre pensée, Villiers, ou vous vous en repentirez. Vous allez supposer, sans nul doute, que je suis en possession de quelque information secrète, et jusqu'à un certain point cela est vrai. Mais je ne sais que peu de chose ; je suis comme un voyageur qui s'est penché sur un abîme, et a reculé terrifié. Ce que je sais est assez étrange et assez horrible ; mais par-delà ma connaissance, il y a des profondeurs et des horreurs plus horribles encore, plus incroyables que tous les contes d'hiver dits au coin du feu. J'ai résolu, et rien n'ébranlera cette résolution, de ne pas chercher à en savoir un iota de plus ; et si vous tenez à votre bonheur, vous ferez de même.

« En tout cas, venez me voir, mais nous causerons de choses plus gaies. »

Austin replia la lettre méthodiquement et la rendit à Villiers.

– C'est certainement une lettre extraordinaire, dit-il. Que veut-il dire avec ce portrait ?

– Ah ! j'avais oublié de vous dire que j'étais allé à Paul Street, et que j'avais fait une découverte.

Villiers conta son histoire ainsi qu'il l'avait fait pour Clarke et Austin l'écouta en silence ; il paraissait troublé.

– C'est curieux, cette sensation désagréable que vous avez éprouvée dans la chambre, dit-il enfin. J'ai peine à conclure que ce n'était qu'imagination. Un sentiment de répulsion, dites-vous.

– Oui, et plutôt physique que moral. C'était comme si j'avais avalé à chaque inhalation quelque fumée mortelle qui semblait pénétrer tout mon corps, et les nerfs, et les os, et les muscles. Je souffrais depuis les pieds jusqu'à la tête ; mes yeux s'obscurcissaient. Il me semblait entrer dans la mort.

– Oui, oui, c'est étrange, en vérité. Vous le voyez, votre ami confesse qu'il y a des choses très sombres dans le passé de cette femme. Avez-vous remarqué quelque émotion, quand vous lui avez raconté votre histoire ?

– Oui. Il fut pris de faiblesse et assura ensuite que c'étaient des attaques passagères, auxquelles il était sujet.

– Vous l'avez cru ?

– Je l'ai cru sur le moment, mais je ne le crois plus. Il avait écouté ce que j'avais à dire avec pas mal d'indifférence, jusqu'au moment où je lui montrai le portrait. C'est alors qu'il fut pris de cette faiblesse. Il avait l'air d'un spectre, je vous assure.

– Alors, c'est qu'il avait vu la femme auparavant. Mais il y a une autre explication possible : c'est peut-être le nom qui lui était familier, et non pas la figure. Qu'en pensez-vous ?

– Je ne sais qu'en dire. À ce qu'il me semble, c'est après avoir retourné le portrait dans ses mains, qu'il a été près de tomber de sa chaise. Vous savez que c'est au revers qu'était écrit le nom.

– Justement. Après tout il est difficile de conclure quoi que ce soit dans une affaire comme celle-ci. Je déteste les mélodrames, et rien ne me paraît aussi banal et aussi ennuyeux que les spectres de commerce. Mais vraiment, Villiers, il semble qu'il y a au fond de tout ceci quelque chose de plus.

Les deux hommes avaient, sans y prendre garde, tourné dans Ashley Street, vers le nord de Piccadilly ; une longue et triste rue. Mais çà et là, un goût plus joyeux avait orné quelque sombre maison de fleurs et de clairs rideaux, ou égayé une porte de fraîches peintures. Villiers leva la tête ; Austin s'était arrêté en parlant, et regarda une de ces façades ; des géraniums blancs et rouges débordaient de chaque fenêtre, où pendaient aussi des rideaux couleur de narcisse.

– C'est plus gai, n'est-ce pas ? dit-il.

– Oui, et l'intérieur est plus joyeux encore ; une des plus agréables maisons de la « season », paraît-il. Je n'y ai pas été moi-même ; mais plusieurs de mes amis l'ont fait et disent que c'est particulièrement plaisant.

– Qui donc y demeure ?

– Mme Beaumont.

– Et qui est-ce ?

– Je ne saurais vous dire. On m'a raconté qu'elle venait d'Amérique du Sud, mais après tout, qui elle est, cela est sans conséquence. C'est une femme très riche, il n'y a pas de doute à cela ; et plusieurs personnes des plus haut placées l'ont adoptée. J'ai entendu dire qu'elle a un bordeaux de premier ordre, une merveille de vin, qui a dû coûter des sommes fabuleuses. Lord Argentine qui y était dimanche soir m'en a parlé ; il assure n'avoir jamais goûté rien de pareil, et Argentine, vous le savez, y est expert. En passant, cela me remet à l'esprit que cette Mme Beaumont doit être une femme singulière. Argentine lui demandait l'âge de son vin, et que pensez-vous qu'elle ait répondu : « Dans les mille ans, je pense. » Lord Argentine crut qu'elle plaisantait et se mit à rire. Mais elle l'assura qu'elle parlait très sérieusement et offrit de lui montrer la cruche. Bien entendu, il n'insista pas ; mais cela paraît bien vieux à avaler, ne trouvez-vous pas ? Tiens, nous voilà chez moi. Voulez-vous entrer ?

– Soit, entrons. Il y a longtemps que je n'ai vu la boutique à curiosités.

C'était un appartement richement, mais bizarrement meublé, où tout, chaises, bibliothèque, table, tapis, vases, ornements, semblait chacun une chose à part, gardant une individualité.

– Rien acheté de nouveau ces temps-ci ? demanda Villiers au bout d'un moment.

– Non, je ne crois pas. Vous aviez vu ces potiches bizarres, n'est-ce pas ? Il me le semblait ; je ne pense pas avoir rien acquis pendant ces dernières semaines.

Austin regardait à travers la chambre, de buffet en buffet, de rayon en rayon, cherchant quelque étrangeté. À la fin ses yeux tombèrent sur un vieux coffre, élégamment et curieusement sculpté, dans un coin sombre de la pièce.

– Ah ! dit-il, j'oubliais. J'ai quelque chose à vous montrer.

Austin ouvrit le coffre, en tira un épais in-quarto, le posa sur une table, et reprit son cigare.

– Avez-vous connu Arthur Meyrick le peintre, Villiers ?

– Un peu, je l'ai rencontré deux ou trois fois chez un de mes amis. Qu'est-il devenu ? Je n'ai pas entendu son nom depuis pas mal de temps.

– Il est mort.

– Mort ? Tout jeune, n'est-ce pas ?

– Oui, trente ans.

– De quoi est-il mort ?

– Je ne sais pas. C'était un de mes bons amis, et un bon garçon. Il avait l'habitude de venir ici, et de causer pendant des heures, et c'était un des plus agréables causeurs que j'ai rencontrés. Il pouvait même parler peinture, et c'est plus qu'on n'en peut dire de beaucoup de ses confrères. Il y a dix-huit mois environ, il se sentait plutôt surmené. Un peu sur mes conseils, il partit pour une espèce de voyage en zigzag, sans fin ni but bien définis. Je crois que New York devait être sa première escale, mais je n'ai plus entendu parler de lui, sauf qu'il y a trois mois, je reçus ce livre de lui avec une lettre très polie d'un docteur anglais qui pratique à Buenos Aires. Il me disait avoir soigné feu M. Meyrick pendant sa maladie, et que le défunt avait exprimé un profond désir qu'un certain paquet cacheté me fût envoyé après sa mort. C'était tout.

– Et vous n'avez pas écrit pour avoir d'autres détails ?

– J'ai pensé à le faire. Vous me conseilleriez d'écrire à ce docteur ?

– Certainement. Et le livre ?

– Il était sous cachet quand je le reçus. Je ne pense pas que le docteur l'ait vu.

– Est-ce quelque chose de très rare ? Meyrick était collectionneur peut-être ?

– Non, je ne pense pas qu'il fût collectionneur. À propos, que pensez-vous de ces potiches ?

– Elles sont singulières, mais je les aime. Est-ce que vous n'allez pas me montrer le legs de ce pauvre Meyrick ?

– Si, si, sûrement. Le fait est que c'est quelque chose d'assez particulier, et je ne l'ai montré à personne. Je n'en parlerais pas, à votre place. Le voici.

Villiers prit le volume et l'ouvrit au hasard :

– Mais ce n'est pas un livre imprimé, dit-il.

– Non, c'est une collection de dessins en blanc et noir, de mon pauvre Meyrick.

Villiers alla à la première page : elle était blanche. La seconde portait la brève inscription suivante : *Silet per diem universus, nec sine horrore secretus est ; lucet nocturnis ignibus, chorus Ægipanum undique personatur ; audiuntur et cantus tibiarum, et tinnitus cymbalorum per oram maritimam.*

(Ces lieux, qu'habite une horreur secrète, demeurent muets pendant le jour. Mais la nuit y éclate de mille feux. Partout s'assemble le chœur des

Ægipans : c'est alors qu'on entend sur les rivages de la mer le son des flûtes et le retentissement des cymbales.)

À la troisième page, il y avait un dessin qui fit tressauter Villiers vers Austin ; celui-ci regardait distraitement par la fenêtre. Villiers se remit à tourner page après page, absorbé, en dépit de lui-même, par l'effrayante Walpurgisnacht du mal, du mal étrange et monstrueux, que l'artiste défunt avait déroulée de son rude crayon. Les figures des Faunes, des Satyres et des Ægipans s'animaient pour ses yeux : l'obscurité du hallier, la danse au sommet des montagnes, les scènes sur les grèves solitaires, dans les vignobles verts, parmi les rochers et les déserts, il les voyait devant lui ; un monde qui faisait reculer l'âme humaine. Villiers ne fit que feuilleter les dernières pages ; il en avait assez vu, mais la dernière image frappa ses yeux comme il allait fermer le livre.

– Austin ?

– Eh bien, qu'y a-t-il ?

– Savez-vous qui est cela ?

C'était une figure de femme, seule sur la page blanche.

– Si je sais qui c'est ? Non, sans aucun doute.

– Je le sais, moi.

– Qui est-ce ?

– C'est Mme Herbert.

– Vous êtes sûr ?

– J'en suis parfaitement sûr. Pauvre Meyrick ! C'est un chapitre de plus qu'il faut ajouter à cette histoire.

– Mais les dessins ? Qu'est-ce que vous en pensez ?

– Ils sont effrayants. Remettez le volume sous clef, Austin, je vous en prie ; et si j'étais de vous, je le jetterais au feu. Ce doit être un terrible compagnon, même à travers un coffre.

– Oui, ce sont de singulières images. Mais je me demande quel lien pouvait bien attacher Meyrick à Mme Herbert, et quel rapport il y a entre elle et les pages de cet album.

– Ah ! qui pourrait le dire ? Il est possible que l'histoire finisse ici, ou que nous n'en sachions pas la suite. Mais, à mon avis, cette Hélène Vaughan, ou Mme Herbert, n'en est qu'à ses débuts. Elle reviendra à Londres, Austin, soyez-en sûr, elle y reviendra ; et nous en entendrons davantage sur son compte. Je ne pense pas que ce soit de joyeuses nouvelles.

6

LES SUICIDES

Lord Argentine était à Londres un des favoris de la société. Jadis, sur ses vingt ans, ç'avait été un pauvre hère chargé d'un nom illustre et qui devait gagner sa vie comme il pouvait ; le plus hasardeux des prêteurs n'aurait pas alors risqué cinquante livres sur les chances qu'il pouvait avoir de troquer jamais son nom contre un titre, ni sa misère contre une fortune. Son père avait été assez près de la fontaine aux bienfaits pour s'assurer un des bénéfices familiaux. Mais le fils, se fût-il même décidé à entrer dans les ordres, n'aurait que bien difficilement obtenu pareils avantages ; et, de plus, il ne se sentait aucune vocation pour l'état ecclésiastique. C'est pourquoi il affronta le monde, n'ayant pas meilleures armes que la hardiesse du fils de famille et l'ambition d'un arrière-cadet. Ce harnais lui suffit à mener un combat très tolérable jusqu'à l'heure où tout changea.

À vingt-cinq ans, M. Charles Aubernon était toujours un combattant de par le monde, mais, des sept personnes qui l'avaient jadis séparé des dignités familiales, il n'en restait plus que trois. C'étaient trois fortes existences, quoique non pas à l'épreuve des sagaies zouloues ou de la fièvre typhoïde, en sorte qu'un beau matin, Lord Argentine ressuscita dans la peau d'un homme de trente ans, qui avait su faire face aux difficultés de la vie, et les domestiquer. Cette situation l'amusa extrêmement, et il résolut que la richesse lui serait plaisante autant que la pauvreté l'avait été.

Le nouvel Argentine, après quelque méditation, s'avisa que la table, considérée comme un des beaux-arts, était une des plus distrayantes recherches qui s'offrissent à l'humanité déchue ; de façon que ses dîners devinrent bientôt fameux à Londres, et une invitation de lui, quelque chose d'ardemment désiré. Après dix ans de seigneurie et de bonne chère, Argentine continuait à braver la fatigue et à jouir de la vie. Il avait même, par une sorte de contagion, fini par être considéré comme un motif de joie pour les autres, en un mot, comme la compagnie la plus désirable. Aussi sa mort soudaine et tragique causa-t-elle une énorme impression. On n'y voulait pas croire, quoique les journaux fussent devant les yeux, et que les cris de « Mort mystérieuse d'un lord » retentissent dans la rue. Mais là s'étalait le bref entrefilet :

« Lord Argentine a été trouvé mort ce matin, par son valet de chambre, dans des circonstances attristantes. Sans aucun doute possible, Sa Seigneurie s'est suicidée, quoiqu'on ne puisse assigner aucun motif à cet acte. Le gentilhomme décédé était très connu dans la société et très aimé pour sa gaieté et son hospitalité somptueuse. Sa succession est ouverte en faveur de... », etc.

On connut peu à peu les détails, mais l'événement n'en demeura pas moins un mystère. Le principal témoin dans l'enquête était le valet de chambre du défunt qui raconta que, dans la nuit qui avait précédé sa mort, Lord Argentine avait dîné chez une dame de bonne société, dont le nom fut tu par les gazettes. Vers onze heures, Lord Argentine était revenu et avait informé son domestique qu'il n'aurait pas besoin de ses services jusqu'au lendemain matin. Un peu plus tard, le valet, ayant eu l'occasion de traverser le hall, fut un peu étonné de voir son maître ressortir discrètement par la grande porte. Il avait quitté ses vêtements de soirée et portait une veste de *Norfolk,* des knickerbockers et un petit chapeau marron. Le valet n'avait aucune raison de croire qu'il avait été vu, et, quoique son maître découchât rarement, il n'y pensa guère jusqu'au lendemain matin, où ayant frappé deux ou trois fois à la porte, il entra dans la chambre de Lord Argentine et trouva son corps penché en avant d'un angle du lit. Il constata alors que son maître avait attaché soigneusement une corde à l'un des pieds du lit, et après y avoir fait un nœud coulant et se l'être passé autour du cou, s'était résolument jeté en avant et était mort de strangulation. Il portait le costume même avec lequel son valet l'avait vu sortir, et le docteur appelé déclara que la mort remontait (au moins) à quatre heures. Ses papiers, lettres, etc., paraissaient en excellent ordre, et l'on ne découvrit rien qui laissât entrevoir, le plus indirectement même, aucun scandale grand ou petit. Ici s'arrêtaient les renseignements, et l'on ne put savoir autre chose. Plusieurs personnes s'étaient trouvées au même dîner que Lord Argentine, et à tous il avait paru de son humeur ordinaire. Le valet, il est vrai, déclara que son maître lui était apparu un peu excité à la rentrée, mais, il reconnaissait que cette altération de manières était très légère, à peine sensible. Il n'y avait aucune chance de rattraper le fil, et la suggestion que Lord Argentine avait été soudainement attaqué de la manie du suicide, fut généralement acceptée.

Il en fut autrement, il est vrai, quand, dans l'intervalle de deux semaines, trois autres gentlemen, l'un d'eux Lord, et les deux autres de bonne société et d'ample fortune, périrent misérablement et presque exactement de la même façon. Lord Swanleigh fut trouvé un matin dans son cabinet de toilette, pendu à une cheville fixée dans la muraille, tandis que M. Collier-Stuart et M. Herries avaient choisi la mort de Lord Argentine. Aucun de ces cas ne fut expliqué ; quelques faits tout nus : un vivant le soir, et le matin un cadavre à face noire. La police avait été obligée de se confesser impuissante à expliquer ou à prévenir les crimes sordides de Whitechapel ; mais devant les horribles suicides de Piccadilly et de Mayfair, elle resta confondue ; car la simple férocité, qui servait d'explication aux crimes d'East End, ne se trouvait d'aucun usage dans West End. Chacun de ces hommes qui s'étaient résolus à mourir dans la honte et la douleur était riche et prospère, et goûtait apparemment la vie ; mais les plus subtiles recherches ne pouvaient découvrir un motif quelconque à aucun de ces suicides. Il y avait de l'horreur dans l'air et les hommes n'osaient se regarder les uns les autres dans l'inquiétude d'apercevoir une future et cinquième victime de cette tragédie sans nom. Les journalistes cherchaient en vain dans leurs carnets de quoi nourrir un article réminiscent, et, dans plus d'une maison, c'est avec quelque angoisse qu'on ouvrait le journal du matin. Personne ne savait où et qui le coup prochain frapperait.

Peu de temps après le dernier de ces suicides, Austin vint voir Villiers, curieux de savoir s'il avait réussi à retrouver des traces fraîches de Mme Herbert, par Clarke ou de toute autre part ; et il l'interrogea à peine assis.

– Non, dit Villiers, j'ai écrit à Clarke ; mais il reste inflexible, et j'ai suivi d'autres pistes sans résultat. Je ne puis découvrir ce qui est advenu d'Hélène Vaughan depuis qu'elle a quitté Paul Street ; je pense qu'elle a dû gagner le large. Mais à vrai dire, Austin, je n'ai pas prêté grande attention à l'affaire en ces dernières semaines. Je connaissais ce pauvre Herries intimement, et sa terrible mort a été une grande secousse pour moi, une grande secousse.

– Je vous crois sans peine, répondit Austin avec gravité ; vous savez qu'Argentine était de mes amis. Si je ne me trompe, nous parlions de lui la dernière fois que vous êtes venu chez moi.

– Oui, c'était à propos de cette maison d'Ashley Street, celle de Mme Beaumont. Vous m'aviez dit qu'Argentine y avait dîné.

– En effet. Et vous savez qu'Argentine y dînait aussi la nuit avant – avant sa mort ?

– Non, je ne l'avais pas entendu dire.

– C'est pourtant ainsi. Le nom a été tenu secret par les journaux, par égard pour Mme Beaumont. Argentine était tout à fait de ses favoris, et il paraît que l'événement l'a mise dans un état épouvantable.

La figure de Villiers prit une expression singulière ; il paraissait hésiter à dire quelque chose, quand Austin reprit :

– Je n'ai jamais éprouvé un sentiment d'horreur comme à lire la mort d'Argentine ; je ne me la suis pas expliquée alors, pas plus que maintenant. Je le connaissais bien, et ce qui passe ma compréhension, c'est quelle cause possible (cela est aussi vrai pour les autres) a pu le déterminer à mourir de sang-froid, de cette façon. Vous savez comme à Londres, avec leur bavardage, les hommes s'attaquent mutuellement dans leur caractère ! Soyez sûr que n'importe quel scandale ou quel cadavre aurait été remis en lumière dans un cas comme celui-ci ; mais rien de tel ne s'est passé. Or la théorie de la manie, c'est très joli pour le coroner, mais tout le monde sent que c'est une bêtise : la manie du suicide n'est pas la petite vérole.

Austin retomba dans le silence. Villiers aussi restait muet, observant son ami, et une expression d'indécision apparaissait encore sur son visage, comme s'il eût été occupé à peser ses pensées dans une balance, mais les considérations qu'il roulait dans sa tête finirent par le laisser silencieux. Austin essaya d'écarter le souvenir de ces tragédies, aussi embrouillées que le labyrinthe de Daedalus et commença d'agiter d'une voix indifférente les incidents et aventures les plus amusants de la « season ».

– Cette Mme Beaumont, dit-il, dont nous parlions, a un grand succès. Elle a pris Londres en coup de vent. Je l'ai rencontrée l'autre jour chez Fulham ; et, en vérité, c'est une créature remarquable.

– Vous avez rencontré Mme Beaumont ?

– Oui ; elle a toute une cour auprès d'elle, et je suppose qu'elle serait très belle, s'il n'y avait dans sa physionomie quelque chose que je n'aime pas. Les traits sont exquis, mais l'expression est inattendue. Et tout le temps que je l'ai regardée et, depuis, en entrant chez moi, j'avais la sensation que c'est cela même qui m'était familier, de façon ou d'autre.

– Vous l'aurez rencontrée dans la rue.

– Non, je suis sûr que mes regards ne s'étaient jamais posés sur elle ; c'est ce qui m'embarrasse. Il me semble même n'avoir jamais vu personne qui lui ressemble, et ce que j'ai ressenti était comme un souvenir lointain et obscurci, mais persistant. La seule chose que j'y puisse comparer est cette impression qu'on a parfois en rêve, quand des cités et des paysages et des fantômes vous apparaissent soudain familiers.

Villiers inclina la tête, et puis se mit à regarder sans but à travers la chambre, cherchant peut-être un prétexte à détourner la conversation. Ses regards tombèrent sur un vieux bahut, dans le genre de celui où l'étrange legs du peintre dormait derrière un écusson gothique.

– Avez-vous écrit au docteur, à propos de ce pauvre Meyrick ? demanda-t-il.

– Oui, j'ai écrit, demandant des détails circonstanciés sur sa maladie et sa mort. Je n'attends pas de réponse avant trois semaines ou un mois. J'ai jugé que je ferais aussi bien de m'informer si Meyrick connaissait une Anglaise du nom de Herbert, et, si oui, quels renseignements le docteur pouvait me fournir à son sujet. Mais il est fort possible que Meyrick soit tombé sur elle à New York, ou à Mexico, ou à San Francisco. Je n'ai pas idée de son voyage quant à l'étendue, ou au chemin suivi.

– Sans doute ; et il est possible que la femme ait porté plus d'un nom.

– Justement. Je regrette de ne vous avoir pas demandé le portrait d'elle, que vous avez. J'aurais pu le joindre à ma lettre au docteur Mathews.

– Ça ne m'est pas venu non plus à l'idée. Il est vrai que nous serions encore à temps. Mais écoutez : que crient ces vendeurs ?

Pendant que les deux hommes causaient, un bruit confus était né, grossissant peu à peu. Il vint de l'Est, s'enfla dans Piccadilly, en se rapprochant, comme un torrent de sons qui aurait remonté les rues paisibles, faisant de chaque fenêtre le cadre d'une physionomie curieuse. Les appels et les voix éveillèrent enfin les échos de la rue silencieuse où demeurait Villiers, plus distincts à mesure qu'ils avançaient, et, à la question de Villiers, une réponse retentit sur la chaussée :

– Les horreurs de West End. Encore un suicide. Tous les détails.

Austin se rua en bas des escaliers, acheta le journal et lut l'article à Villiers, tandis que les clameurs, dans la rue, s'enflaient et diminuaient ; la fenêtre était ouverte, et l'air semblait plein de cris de terreur :

« Un autre gentleman a été victime de la terrible épidémie de suicides, qui depuis le mois dernier s'est déclarée dans West End. M. Sidney Crashaw, de Stoke-House (Fulham) et de King's Pomeroy (Devon), a été trouvé, après de longues recherches, aujourd'hui vers une heure, pendu à un arbre de son jardin. Le défunt avait dîné la nuit dernière au Carlton Club et paraissait d'humeur et de santé habituelles. Il quitta le club à dix heures, et on le vit peu après se promener tranquillement dans Saint-James's Street. À partir de ce moment, on ne connaît pas son emploi du temps. Dès la découverte du corps, on eut recours au médecin ; mais la vie était évidemment éteinte depuis longtemps.

« M. Crashaw n'avait ni maladie ni embarras d'aucune sorte, d'après tous les renseignements. Ce douloureux suicide, on se le rappelle, est le cinquième de cette sorte depuis un mois. Les autorités de Scotland Yard sont incapables de suggérer la moindre explication à ces terribles événements. »

Austin laissa tomber le journal.

– Je vais quitter Londres demain, fit-il. C'est une ville de cauchemars. Que tout ceci est terrible, Villiers.

Villiers était assis près de la fenêtre et regardait dans la rue en silence. Il avait écouté attentivement le récit du journal, et toute indécision avait disparu de son visage.

– Attendez un peu, Austin, répondit-il, je me décide à vous faire part d'un petit événement qui a eu lieu cette nuit. Il est établi, je crois, qu'on a vu Crashaw vivant, pour la dernière fois, dans Saint-James's Street, un peu après dix heures ?

– Oui, je crois. Je vais vérifier. Oui, c'est bien cela.

– Fort bien. Or je suis en situation de contredire cette affirmation. Crashaw a été vu plus tard que cela, beaucoup plus tard.

– Comment le savez-vous ?

– Parce que j'ai vu moi-même Crashaw à deux heures environ du matin.

– Vous avez vu Crashaw, vous, Villiers ?

– Oui, fort distinctement. À vrai dire, il n'y avait entre nous que quelques pas.

– Où l'avez-vous vu, au nom du ciel ?

– Pas loin d'ici. Dans Ashley Street. Il sortait justement d'une maison.

– Vous avez remarqué de quelle maison ?

– Oui, c'était celle de Mme Beaumont.

– Villiers, songez à ce que vous dites. Il doit y avoir erreur. Comment Crashaw pouvait-il être chez Mme Beaumont à deux heures du matin ? Sûrement, sûrement, vous avez rêvé, Villiers. Vous avez toujours eu des lubies.

– Non, j'étais fort éveillé. Si même j'avais rêvé, comme vous dites, ce que j'ai vu aurait suffi à me réveiller.

– Ce que vous avez vu ? Qu'est-ce que vous avez vu ? Y avait-il quelque chose de particulier dans Crashaw ? Mais je ne puis vous croire, c'est impossible.

– Eh bien ! si vous voulez, je vous dirai ce que j'ai vu ; ou, si vous préférez, ce qu'il me semble avoir vu ; et vous pourrez juger par vous-même.

– Soit, Villiers.

La clameur de la rue s'était éteinte, quoique, de temps en temps, le bruit d'un appel arrivât du lointain ; et le silence de plomb ressemblait à la tranquillité qui suit les orages et les tremblements de terre, Villiers quitta la fenêtre et commença son récit :

– J'étais chez quelqu'un, près de Regent's Park, la nuit dernière et, en sortant, la fantaisie me prit de rentrer à pied au lieu de prendre un cab. La nuit était claire et douce, et au bout de quelques minutes, j'eus les rues à moi tout seul. C'est une sensation curieuse, Austin, que d'être seul dans Londres, la nuit, avec les becs de gaz qui se déploient en perspective, et le silence de mort, ou parfois le roulement d'un fiacre, et les étincelles sous les sabots du cheval. J'allai d'un assez bon pas, un peu fatigué d'être dehors la nuit ; et comme les horloges sonnaient deux heures, je tournai dans Ashley Street, qui, vous le savez, est mon chemin. Là, tout était encore plus tranquille ; les rares réverbères laissaient la rue aussi sombre et triste qu'une forêt d'hiver. J'étais à peu près à moitié de la voie, quand j'entendis une porte s'ouvrir très doucement, et, naturellement, je regardai qui pouvait, comme moi, être dehors à cette heure. Par hasard, il y a un réverbère contre la maison en question : je vis un homme debout sur le seuil. Il venait de fermer la porte, sa figure était tournée vers moi, je reconnus aussitôt Crashaw. Je ne le connaissais pas à lui parler, mais je l'ai vu souvent et suis sûr de ne m'être pas trompé à son égard. Je le regardai un moment, et ici, je dois confesser que je pris la fuite au pas de course jusque chez moi.

– Pourquoi ?

– Pourquoi ? Parce que mon sang se glaça à contempler ses traits. Je n'aurais jamais supposé qu'un mélange aussi infernal de passions ait pu luire en des yeux humains ; et je pensai me trouver mal. Je sentis que j'avais regardé dans les yeux d'une âme perdue, Austin. La forme de l'homme existait encore, mais tout l'enfer l'habitait ; la luxure furieuse, une haine pareille à du feu, et l'angoisse qui semblait hurler dans la nuit malgré les dents serrées, et les ténèbres du désespoir. Je suis sûr qu'il ne me vit pas ; il ne voyait rien de ce que vous et moi nous pouvons voir, mais il voyait ce que, j'espère, nous ne verrons jamais. Je ne sais quand il mourut ; une heure après, je suppose, ou deux, mais quand je passai dans Ashley Street et que je l'entendis fermer la porte, cet homme n'appartenait plus à la terre, et c'est une face de démon que j'ai contemplée.

Il y eut un moment de silence dans la chambre, quand Villiers eut cessé de parler. Le jour baissait, et tout le tumulte d'une heure avant s'était évanoui. Austin avait penché la tête à la fin du récit, et se couvrait les yeux de la main.

– Qu'est-ce que cela peut signifier ? dit-il enfin.

– Qui sait, Austin ; c'est une histoire que nous ferons bien de garder pour nous quelque temps au moins. Je vais tâcher d'apprendre autre chose sur cette maison, par des voies particulières ; et si je fais un peu de lumière, je vous le ferai savoir.

7

LE RENDEZ-VOUS DANS SOHO

Trois semaines après, Austin reçut un mot de Villiers, le priant de passer chez lui cet après-midi ou le suivant. Austin, ayant choisi le plus tôt, trouva Villiers assis à son ordinaire près de la fenêtre, et qui paraissait perdu en méditations sur le languissant commerce de la rue. Il y avait près de lui une table en bambou, dorée et peinte, et, dessus, une petite pile de papiers, aussi nettement rangés et étiquetés que quoi que ce fût dans le bureau de M. Clarke.

Eh bien, Villiers, avez-vous fait quelque découverte durant ces trois semaines ?

– Je pense. J'ai ici une note ou deux qui m'ont frappé, et voici un rapport sur lequel j'appelle votre attention.

– Et ces documents ont trait à Mme Beaumont ? Et c'était bien Crashaw que vous avez vu sur le seuil de sa porte dans Ashley Street ?

– Quant à cela, ma conviction reste entière, quoique ni mon enquête ni mes découvertes n'aient eu spécialement trait à Crashaw. Mais ces recherches ont eu un résultat : j'ai pu déterminer qui est Mme Beaumont.

– Qui est Mme Beaumont ? Dans quel sens l'entendez-vous ?

– Je veux dire que nous la connaissons mieux sous un autre nom.

– Sous quel nom ?

– Herbert.

– Herbert ! répéta Austin.

– Oui, la Mme Herbert de Paul Street, l'Hélène Vaughan d'aventures antérieures que j'ignore encore. Vous aviez raison de reconnaître sa physionomie. En rentrant chez vous, regardez le portrait qu'a dessiné Meyrick dans son livre des Horreurs, et vous connaîtrez la source de votre ressouvenance.

– Et vous avez la preuve de tout cela ?

– La meilleure des preuves : j'ai vu Mme Beaumont, Mme Herbert, si vous aimez mieux.

– Où l'avez-vous vue ?

– Pas à l'endroit où vous iriez chercher une dame d'Ashley Street, Piccadilly ; mais dans une des rues les plus sordides et les plus mal famées de Soho, et elle entrait dans une maison. En fait, j'y avais pris rendez-vous, quoique non pas avec elle ; elle fut exacte, et quant à l'heure, et quant au lieu.

– Tout cela paraît presque incroyable. Rappelez-vous, Villiers, que j'ai vu cette femme parmi le flot ordinaire du monde, causant et riant, et humant son chocolat, dans un salon banal au milieu de gens banals. Mais après tout, vous savez ce que vous dites.

– Assurément, et je ne me suis pas laissé mener par mes imaginations ni mes fantaisies, car je ne pensais guère à trouver Hélène Vaughan, alors que je poursuivais Mme Beaumont dans les eaux les plus troubles de Londres ; tel a été pourtant le cas.

– Vous avez dû aller dans de drôles d'endroits, Villiers.

– Oui, j'ai été dans de très drôles d'endroits. Il aurait été inutile, vous savez, de courir à Ashley Street, demander à Mme Beaumont une petite esquisse de son existence antérieure. Présumant, et c'était présumable, que ses annales n'étaient pas des plus nettes, il était presque certain que, jadis, elle avait fréquenté des cercles moins raffinés qu'aujourd'hui. Si vous voyez de la vase à la surface d'une rivière, vous pouvez être certain qu'elle vient du fond ; j'allai au fond. J'ai toujours aimé à plonger dans Queen Street, pour mon plaisir ; et, en l'espèce, ma connaissance des êtres et des habitants m'a été de grand usage. Il est inutile de vous dire que mes amis n'avaient jamais entendu prononcer ce nom de Beaumont, et, comme je ne connaissais pas la dame et que, partant, je ne pouvais la décrire, il m'a fallu travailler indirectement. Les gens de ce quartier-là me connaissent, j'ai rendu à l'occasion de petits services à quelques-uns d'entre eux, ce qui fait qu'ils m'ont communiqué sans difficulté leurs renseignements, d'autant plus qu'ils me savaient sans relations directes ou indirectes avec Scotland Yard. Néanmoins, il me fallut jeter beaucoup de lignes avant d'attraper ce que je voulais, et quand j'eus ferré le poisson, je ne crus pas d'abord que c'était le mien. Mais, par suite d'un amour instinctif pour les informations inutiles, j'écoutai ce qu'on me contait, et me trouvai ainsi plus riche d'une autre histoire quoique sans rapport avec la mienne, pensais-je. Voici la chose. Il y a environ cinq ou six ans, une femme du nom de Raymond apparut tout à coup dans le quartier dont je vous parle. On la décrit comme fort jeune à cette époque, âgée probablement de dix-sept ou dix-huit ans, très belle et paraissant venir de la campagne. Je mentirais en disant qu'elle trouva son milieu naturel dans ce quartier et les gens qui l'habitent, car, d'après les récits qu'on m'a faits, la pire tanière de Londres est encore trop bonne pour elle. La personne qui me donna ces détails, rien de moins qu'un puritain, comme vous pensez, semblait mal à l'aise à me dire tout ce qu'on attribuait à l'étrangère. Après avoir vécu là un an, peut-être moins, elle disparut aussi soudainement qu'elle était venue ; et l'on n'en entendit plus parler qu'à l'époque de l'affaire de Paul Street. Elle ne revint tout d'abord à ses anciens repaires qu'occasionnellement, plus fréquemment ensuite elle finit même par se loger comme autrefois dans le quartier, et y passa cinq ou six mois de suite. Il est inutile d'entrer dans des détails sur sa façon de vivre, et, si vous en désirez, regardez le legs de Meyrick ; ces dessins ne sortaient pas de son imagination. Elle disparut de nouveau, et on la perdit jusqu'à ces derniers mois. À cette époque, d'après mon informateur, elle avait loué plusieurs pièces dans une maison qu'il m'indiqua, et elle se rendait à cet appartement deux ou trois fois par semaine, toujours à dix heures du matin. On me fit entendre qu'elle y devait venir un certain jour de la semaine suivante, et je m'arrangeai en conséquence pour faire le guet avec mon cicérone, à dix heures moins le quart. Une égale ponctualité nous amena l'heure et la dame ; nous nous tenions alors sous une porte en retrait de la rue, mais elle nous vit et me lança un regard que je serai long à oublier. Ce regard était suffisant pour me faire reconnaître Mme Herbert dans miss Raymond ; quant à Mme Beaumont, elle m'était bien sortie de la tête. Cependant la dame était entrée au gîte ; j'attendis jusqu'à quatre heures qu'elle en sortît, et me mis à la suivre. Ce fut une longue chasse, et il me fallait prendre grand soin de rester assez en arrière, sans pourtant la perdre de vue. Elle me mena dans le Strand, puis à Westminster, enfin à Saint-James's Street et Piccadilly. Une surprise me vint, à la voir tourner dans Ashley Street, et la pensée que Mme Herbert et Mme Beaumont ne faisaient qu'une ; mais cela était encore bien improbable. Cependant je me mis au guet, ne la quittant pas des yeux et notant la maison où elle entrait ; c'était la maison aux rideaux de joie, la maison fleurie, la maison d'où Crashaw était sorti la nuit qu'il se pendit dans son jardin. Je repartais avec mon butin d'informations, quand une victoria découverte passa et alla s'arrêter devant cette même maison ; j'en conclus et avec justesse, que Mme Herbert allait faire une promenade ; je pris un cab et suivis sa voiture au Park. Là, je tombai sur quelqu'un de connaissance, et nous nous mîmes à causer, pas très loin du chemin des voitures auxquelles je tournais le dos. Nous étions là depuis dix minutes à peine, quand mon ami salua ; je me retournai et reconnus la femme que j'avais suivie tout le jour :

– Qui est-ce ? demandai-je, et la réponse fut :

– Mme Beaumont ; elle demeure dans Ashley Street.

Il n'y avait plus de doute. Je ne sais si elle me vit, mais je ne crois pas. Là-dessus, je rentrai, et, à la réflexion, conclus que mon cas valait la peine d'être porté chez Clarke.

– Pourquoi chez Clarke ?

– Parce que j'étais sûr que Clarke connaissait au sujet de cette femme des choses que j'ignore.

– Et alors ?

M. Villiers s'assit et regarda fixement Austin en répondant :

– Mon idée est que, Clarke et moi, nous allions chez Mme Beaumont.

– Vous n'irez pas dans une maison pareille ? Non, non, Villiers, vous ne pouvez pas faire cela. De plus, considérez – quel résultat ?...

– Je vous le dirai. Mais j'allais ajouter que mes renseignements ne s'arrêtent pas là ; ils ont été complétés d'une façon inopinée. Regardez ce joli manuscrit ; il est paginé, vous voyez, et j'ai poussé la coquetterie jusqu'à le nouer d'un ruban rouge. On dirait des papiers d'affaires ; vous ne trouvez pas ? Parcourez-les, Austin. C'est le compte rendu des distractions que Mme Beaumont offrait à ses hôtes de choix ; l'homme qui a écrit cela s'en est tiré vivant, mais je ne pense pas qu'il en ait pour longtemps. Les médecins déclarent qu'il a dû éprouver une grave secousse.

Austin prit le manuscrit, mais ne le lut pas. Ayant ouvert au hasard ces pages proprettes, son œil fut accroché par un mot suivi d'une phrase ; et, le cœur soulevé, avec des lèvres blanches et une sueur aux tempes, il jeta le papier par terre.

– Reprenez-le, Villiers, et ne m'en parlez jamais. Eh quoi, homme, êtes-vous fait de pierre ? Quoi, mais la crainte, et l'horreur même de la mort, et les pensées de celui qui se tient debout, lié, sur le noir échafaud, dans le petit matin, tandis que la cloche lui tinte aux oreilles, et qu'il guette le bruit du déclenchement, ne sont rien comparées à ceci. Je ne veux pas le lire, je ne dormirais plus.

– Soit, j'imagine sur quoi vous êtes tombé, et c'est assez laid ; mais, après tout, c'est une vieille histoire, un antique mystère retapé de nos jours, où les rues noires de Londres remplacent comme décor les vignobles et les jardins d'olives. Nous savons ce qui advenait de quiconque rencontrait le dieu Pan. Les sages savent que tout symbole est symbole d'une réalité, non pas de néant ; et c'était en vérité un symbole exquis que celui-là, sous lequel les hommes de jadis voilaient les forces secrètes et redoutables qui sont au cœur de toutes choses, les forces devant qui l'âme humaine se fane et meurt, noircie comme le corps même le serait par des courants électriques. Ces forces ne peuvent se nommer, ni concevoir, que sous un voile ; un voile qui apparaît à la plupart comme une fantaisie de poètes, à quelques-uns comme le conte des niais et des fous. Mais vous et moi, nous avons connu en quelque chose la terreur qui peut habiter les royaumes secrets de la vie, par-dessous la chair ; nous avons vu ce qui est sans forme assumer une forme. Oh, Austin, cela se peut-il ? Comment le soleil lui-même ne devient-il pas ténèbres devant ces choses, et la terre décombres, sous un pareil fardeau ?

Villiers se promenait de long en large dans la chambre, et des gouttes de sueur perlaient à son front. Austin se tenait silencieux, mais Villiers le vit faire un signe :

– Je le répète, Villiers, vous n'irez jamais dans une telle maison. Vous n'en sortirez pas vivant.

– Si, Austin, j'en sortirai vivant – moi, et Clarke.

– Que voulez-vous dire ? Vous ne pouvez pas – vous ne voudriez pas...

– Attendez.

Il faisait bon et frais sous la brise ce matin, même dans cette triste rue, et j'eus envie d'une promenade. Piccadilly déployait devant moi sa perspective claire et brillante, et le soleil luisait sur les voitures et sur les feuillages frissonnants du Park. C'était un joyeux matin ; hommes et femmes regardaient le ciel et souriaient en se rendant à leur œuvre de plaisir, et le vent soufflait aussi mollement qu'il souffle ailleurs, sur des prairies ou sur le parfum des bruyères. Je ne sais comment je me trouvai, hors du tumulte et de la gaieté, arpentant une rue taciturne où l'on ne goûtait ni le soleil ni l'air, où les passants marchaient sans hâte et musaient aux portes. Moi, j'allais, sachant à peine où et pour quoi faire, mais comme contraint, ainsi qu'on l'est parfois, d'avancer avec le soupçon seulement d'un but inconnu. Ainsi, j'allais, attentif tour à tour au mince commerce des laiteries, ou surpris du mélange incongru de pipes à un sou, de tabac noir, de bonbons, de journaux, de chansons comiques, entassés dans l'espace étroit d'une seule vitrine. Enfin, un frisson, je pense, m'avertit que j'avais trouvé, et, après avoir regardé autour de moi, je m'arrêtai devant une boutique poussiéreuse, dont l'enseigne avait fané, dont les briques, rouges il y a deux cents ans, avaient tourné au noir, dont les fenêtres avaient subi le brouillard et la boue d'innombrables hivers. Je vis ce dont j'avais besoin ; mais je pense qu'il me fallut bien cinq minutes avant de me maîtriser et de pouvoir demander cela d'une voix et d'un visage calmes. Je suppose qu'il y eut tout de même un tremblement dans mes paroles, car le vieil homme que je fis sortir de sa noire arrière-boutique, et qui tâtonnait à travers ses marchandises, me jeta un regard soupçonneux, tandis qu'il ficelait mon paquet. J'avais payé, que je me tenais encore au comptoir avec une étrange répugnance à saisir mon emplette et à m'en aller. Je lui parlai de son commerce et appris ainsi que ça allait mal, que les bénéfices baissaient beaucoup, que la rue n'était plus ce qu'elle avait été jadis, avant que le courant commercial en eût été détourné, et que cela s'était fait quarante ans avant, « juste à la mort de mon père », ajouta-t-il. Je sortis enfin et m'éloignai vivement : rue mélancolique, certes ; je fus content de retrouver la cohue et le bruit. Voulez-vous voir mon achat ?

Austin ne dit rien, mais inclina un peu la tête ; il paraissait de plus en plus pâle et affecté. Villiers ouvrit un tiroir de la table en bambou et montra à Austin un long rouleau de corde dure et neuve, terminée à un bout par un nœud coulant.

– C'est la meilleure qualité de chanvre, dit Villiers, telle qu'on l'employait dans l'ancien commerce, m'a dit l'homme. Pas un fil de jute d'un bout à l'autre.

Austin sentit ses dents se serrer et contempla Villiers en pâlissant :

– Vous ne ferez pas cela, murmura-t-il enfin ; vous ne voudrez pas verser de sang. Mon Dieu, s'exclama-t-il avec une véhémence soudaine, ce n'est pas cela que vous voulez dire, Villiers, que vous allez faire le bourreau ?

– Non. La créature aura le choix, et je la laisserai seule et sous clef un quart d'heure avec cette corde. Si, quand nous rentrerons, tout n'est pas fini, j'appellerai le premier policeman, voilà.

– Je m'en vais, je ne puis demeurer plus longtemps, ni entendre cela. Bonsoir.

– Bonsoir, Austin.

La porte se ferma. Un instant après, Austin était là encore, pareil à un spectre :

– J'oubliais, dit-il, que j'ai aussi mon information à donner. Une lettre de Buenos Aires, du docteur Harding, m'apprend qu'il a soigné Meyrick pendant ses trois dernières semaines.

– Et vous dit-il ce qui l'a enlevé en pleine jeunesse : la fièvre ?

– Non, pas la fièvre. D'après le docteur, ce serait un affaissement général de l'organisme, dû sans doute à un grave ébranlement. Mais il ajoute que le malade ne lui fit aucune confidence et qu'il se trouvait par suite en état d'infériorité pour traiter le cas.

– C'est tout ?

– Oui. Le docteur Harding finit sa lettre ainsi :

« Je pense que voilà tous les renseignements que je puis vous donner sur votre pauvre ami. Il n'a pas demeuré longtemps à Buenos Aires, et n'y connaissait personne, à l'exception d'une dame qui ne jouit pas de la meilleure réputation. Elle est partie depuis, et on l'appelait Mme Vaughan. »

8

FRAGMENTS

Parmi les papiers du docteur Robert Matheson, le médecin bien connu d'Ashley Street, qui mourut subitement d'apoplexie au commencement de 1892, on trouva une feuille couverte de notes au crayon. Ces notes étaient d'un latin abrégé et avaient évidemment été écrites très à la hâte. Le manuscrit n'a été déchiffré qu'avec de grandes difficultés, et jusqu'ici certains mots ont échappé à l'effort de tous les experts. Au coin de droite est écrite la date : 25 juillet 1888. Ce qui suit est la traduction desdites notes.

La science profiterait-elle de ces brèves observations au cas où elles pourraient être publiées ; je ne sais, et j'en doute. Certes, je ne prendrai jamais la responsabilité de rendre public un seul mot de ce qui suit, non seulement à cause de ma parole librement donnée aux deux témoins, mais encore parce que ces détails sont trop répugnants. Il est probable que, tout bien considéré, et après avoir pesé le pour et le contre, je détruirai un jour ce papier ou le laisserai sous scellés à mon ami D..., m'en rapportant à sa discrétion pour, à sa guise, en faire usage ou le brûler...

Comme il convient, j'avais fait tout ce que prescrit la science, pour n'être victime d'aucune illusion. Atterré au début, c'est à peine si la réflexion me resta ; mais au bout d'une minute, je m'assurai que mon pouls était normal et que j'étais dans mon bon sens. Je repassai dans ma tête l'anatomie du pied et du bras, ainsi que les formules de quelques carbures, et alors je fixai mes regards sur ce qui était devant moi.

Quoiqu'une nausée de révolte me vînt, et presque suffoqué par l'odeur de la corruption, je demeurai ferme, privilégié ou maudit je ne sais, à voir ce qui gisait là, noir comme l'encre et qui se transformait devant mes yeux. La peau, la chair, les muscles et les os, et la ferme structure du corps humain, tout ce que j'avais jugé jusque-là aussi invétéré, aussi permanent que le diamant, commença de fondre et de se dissoudre. Je savais que des agents extérieurs pouvaient ramener ce corps à ses éléments, mais j'eusse refusé de croire ce que je voyais maintenant, car il y avait là une force interne dont je ne savais rien et qui ordonnait la dissolution et la métamorphose.

Ici, se répéta devant moi tout l'effort dont l'homme est issu. Je vis la chose vaciller de sexe à sexe, se disjoindre et s'unifier à nouveau ; je vis le corps revenir aux bêtes dont il procède, et ce qui était au sommet des êtres descendre jusqu'aux bas-fonds, jusqu'aux abîmes. Mais le principe de la vie, qui crée l'organisme, demeurait stable cependant sous les transformations de la forme.

La lumière de la pièce avait tourné aux ténèbres, mais non pas à ces ténèbres de la nuit, quand les objets ne se perçoivent plus que de façon vague, je pouvais tout voir encore distinctement. C'était comme la négation de la lumière ; les objets étaient présents à mes yeux, si je puis dire, sans intermédiaire ; et tellement que, s'il y avait eu un prisme dans la chambre, je n'en aurais pas distingué les couleurs.

Je regardais toujours : bientôt je ne vis plus rien qu'une substance pareille à de la gélatine. Et puis, l'échelle fut remontée à nouveau... (*Ici le manuscrit est illisible pendant plusieurs lignes*)... un instant je vis une forme obscurément figurée devant moi, que je ne veux pas décrire. Mais le symbole en peut être retrouvé en d'anciennes statues et dans ces peintures qui ont survécu sous la lave, trop infâmes pour en dire plus long...

... Et l'indicible apparence, homme et bête, reprit forme humaine, et la mort vint enfin.

Moi qui ai vu tout cela, non sans répugnance, je mets ici mon nom, déclarant vrai tout ce qui est écrit ci-dessus :

Robert Matheson, Med. Dr.

– Telle est, Raymond, l'histoire de ce que je sais et de ce que j'ai vu. Le fardeau en était trop lourd pour moi seul, et je ne pouvais le partager qu'avec vous. Villiers, qui m'accompagnait à la fin, ne sait pas l'horrible secret de la forêt, et que, ce que nous avons ensemble vu mourir jadis, couché sur le tendre gazon, parmi les fleurs, et tenant la petite Rachel par la main, appela et conjura ses compagnons, et, sur cette terre même qui nous porte, donna la forme matérielle à ce que nous ne nommons que par allusions et figures. Je ne voudrais pas dire ces choses à Villiers, non plus que la ressemblance qui me frappa au cœur quand je vis le portrait et combla enfin la coupe d'angoisse. Le sens de tout cela, je l'ignore ; je sais que ce que j'ai vu mourir n'était pas Mary, et pourtant, à la fin de son agonie, ce sont les yeux de Mary qui m'ont regardé. Personne ne découvrira-t-il le dernier anneau de cette chaîne de mystères ? Si quelqu'un le peut, c'est vous, Raymond ; et si vous savez ce secret, il vous appartient de le dévoiler ou non, à votre choix.

Je vous écris cette lettre à peine revenu en ville. J'ai passé ces deux derniers jours à la campagne, peut-être devinerez-vous où. Tandis que l'étonnement de Londres était au comble – car Mme Beaumont, je vous l'ai dit, était bien connue – j'écrivis à mon ami le docteur Phillips, lui donnant un bref aperçu de ce qui s'était passé, et lui demandant le nom du village où avaient eu lieu les événements relatés par lui. Il me le donna sans hésiter, comme il le dit lui-même, le père et la mère de Rachel étant morts et le reste de la famille parti rejoindre un oncle dans l'État de Washington. Les parents, me disait-il encore, étaient sûrement morts de la douleur que leur avait causée la mort de leur fille, et tout ce qui avait précédé cette mort.

Le soir même du jour où je reçus la lettre de Phillips, j'étais à Caermaen. À l'ombre des murs romains, qu'ont ruinés et blanchis dix-sept cents hivers, je contemplais la prairie où fut jadis consacré un temple « au dieu des abîmes » ; et une maison aussi, qu'illuminait le soleil couchant : la maison où avait vécu Hélène. Je demeurai quelques jours à Caermaen ; les gens, à ce qu'il me sembla, savaient peu de chose et en avaient deviné moins encore. Ceux à qui j'en parlai parurent surpris qu'un archéologue (je m'étais donné pour tel) s'occupât d'une tragédie villageoise, dont ils ne donnaient d'ailleurs qu'une version banale ; et vous pensez bien que je ne leur appris rien de plus. La plupart de mon temps s'écoula dans la grande forêt qui domine le village et gravit la colline et redescend jusqu'à la vallée ; une vallée aussi délicieuse, Raymond, que celle que nous contemplâmes ensemble, par une nuit d'été, de votre terrasse. Bien des heures j'ai erré dans le dédale de la forêt, foulant les allées ombreuses, et fraîches même à midi, le long des broussailles, ou m'arrêtant sous les chênes ; tantôt couché sur l'herbe courte d'une clairière où montait jusqu'à moi, avec le vent, l'odeur faible et sauvage des églantines nouvelles mêlée au lourd parfum de leurs aînées : senteur composée qui rappelle la chambre des morts aux vapeurs d'encens et de corruption. Je m'assis sur les bancs de gazon, à l'orée du bois, contemplant, par-dessus les fougères, la pompe et la théorie des digitales dans le soleil couchant ; et, par-delà, les touffes épaisses des broussailles, les ronces nées du roc, les herbes d'eau, humides et ténébreuses. Mais ces premières promenades évitaient une certaine partie du bois, et, hier seulement, je montai jusqu'au sommet de la colline, jusqu'à l'ancienne voie romaine qui traverse les hauteurs de la forêt. C'est là qu'elles avaient passé, Hélène et Rachel, sur la paisible chaussée et le vert gazon, entre les remblais d'argile rouge et la haie luisante des hêtres ; c'est là que je suivis leurs pas, contemplant par éclaircies le bois déployé sur deux penchants, et la vaste plaine, et plus loin, la mer jaunâtre, et la terre encore par-delà la mer. De l'autre côté, c'était la vallée et la rivière, les collines après les collines, comme des vagues après des vagues, les bois, les prairies et les champs de blé, les éclatantes maisons blanches, un mur de montagnes et, dans le nord, les pics lointains et bleus. Et j'atteignis ainsi la place que je cherchais. La voie, en pente douce, formait une aire entourée de broussailles, et s'étrécissant de nouveau, se perdait dans la distance et la buée bleue de l'ardeur estivale. Et c'est cette douce clairière d'été que Rachel jadis aborda fille et quitta – Dieu sait quoi. Je n'y demeurai pas longtemps.

Dans une petite ville, près de Caermaen, il y a un muséum contenant surtout des débris romains trouvés dans le voisinage, en divers temps. Le lendemain de mon arrivée à Caermaen, j'allai jusqu'à la ville en question pour visiter le musée. Après des pierres sculptées, des cercueils, des bagues, des monnaies, des fragments de mosaïque, on me montra un petit pilier carré de pierre blanche, récemment déterré dans le bois de Caermaen, et, comme je m'en assurai depuis, à la place même où s'élargit la voie romaine. Sur un des côtés de ce pilier, il y a une inscription dont j'ai pris note ; quelques lettres sont effacées, mais je ne pense pas qu'il y ait doute pour celles que j'ai suppléées. Voici l'inscription :

DEVOMNODENTi
FLAvIVSSENILISPOSSVit
PROPTERNVPTIAs
qua SVIDITSVBVMBra.

Au grand dieu Nodens (le dieu de la grande Profondeur ou de l'Abîme), Flavius a élevé ce pilier en souvenir des noces qu'il a vues s'accomplir dans l'ombre.

Le gardien du musée m'informa que les archéologues locaux étaient très embarrassés, non par la difficulté de lire et de traduire l'inscription, mais quant aux conséquences ou rites qu'elle évoque.

... Et maintenant, mon cher Clarke, passons à ce que vous dites d'Hélène Vaughan, que vous avez vue mourir dans des circonstances d'une horreur profonde et presque incroyable. Votre récit m'a intéressé ; mais presque tout ce qu'il contenait, tout de même, je le connaissais d'avance. Je m'explique facilement l'étrange ressemblance remarquée par vous, dans le portrait et sur le visage même d'Hélène ; c'est sa mère que vous aviez connue. Vous rappelez-vous cette paisible et chaude nuit où je vous parlais du monde qui est par-delà les apparences, et du grand Pan ; vous rappelez-vous Mary ? C'est elle qui mit au monde Hélène Vaughan, neuf mois après cette nuit-là.

Mary ne recouvra jamais la raison ; elle resta alitée et telle que vous l'avez vue, et mourut peu de temps après l'accouchement. Je m'imagine qu'elle me reconnut à la fin. J'étais debout à son chevet ; soudain, le regard d'autrefois revint à ses yeux ; elle frissonna, gémit, et mourut.

J'ai accompli une mauvaise œuvre la nuit que vous étiez là, Clarke ; j'ai brisé la porte de la maison de vie, sans m'inquiéter de ce qui pouvait entrer ou sortir. Vous me dîtes alors, je m'en souviens, assez durement, et assez justement aussi dans un sens, que j'avais détruit la raison d'un être humain par une folle expérience fondée sur une absurde théorie. Vous eûtes raison de me blâmer, mais ma théorie n'était pas tout absurdité. Ce que j'avais dit que Mary verrait, elle le vit ; mais j'avais oublié que nul œil humain ne peut contempler cela impunément. Et j'oubliais aussi que, la maison de vie une fois ouverte, il peut y pénétrer ce pourquoi nous n'avons pas de nom ; et la chair humaine devenir alors le voile de l'inexprimable. J'ai joué avec des forces inconnues, et vous en savez l'issue. Hélène Vaughan a bien fait de s'attacher la corde et de mourir, quoique sa mort dût être horrible. Cette face noircie, cette forme transformée sur le lit, fondante et passant à vos yeux de la femme à l'homme, de l'homme à la bête, et de la bête à pis que la bête, tout cela dont vous fûtes témoin m'étonne à peine. Ce que contempla le docteur appelé par vous, je l'avais observé longtemps avant lui. Car je compris mon œuvre à la naissance de l'enfant ; et elle avait cinq ans à peine que je la surpris, non pas une fois mais cent, jouant avec tel compagnon que vous devinez ; ce fut pour moi une angoisse constante ; et après quelques années, sentant que je ne la pouvais supporter davantage, j'envoyai Hélène Vaughan ailleurs. Vous savez maintenant ce qui effraya Trevor dans le bois. Le reste de cette histoire et tout ce qui en a été découvert par votre ami, j'en ai été tenu au courant malgré moi, jusqu'au dernier chapitre. – Et maintenant Hélène est avec ses compagnons...

TELOS.

Nota : *Hélène Vaughan naquit le 5 août 1865 à Red House, Breconshire, et mourut le 25 juillet 1888 en sa maison, dans une rue qui donne sur Piccadilly et qui est dénommée Ashley Street, le long de ce récit.*

Achevé d'imprimer en Europe
à Pössneck (Thuringe, Allemagne)
en avril 1995
pour le compte de EJL
27, rue Cassette 75006 Paris

Dépôt légal avril 1995

Diffusion France et étranger
Flammarion